琴歌奇談

椹野道流

white

目次

物紹介

●天本《あまもと》 森《しん》

二十九歳。デビュー作を三十万部売ったという話題のミステリー作家。霊障《れいしょう》を祓《はら》う追儺師《ついなし》として、「組織」に所属。彫像のような額に該博《がいはく》な知識を潜め、時に虚無的な台詞《せりふ》を吐くこともあるが、素顔は温かい。降魔の腕もウイルスには役立たず、見事インフルエンザでダウン。心配する敏生を出雲《いずも》に送りだしたあと、おとなしく養生しているはずだった。その身になにが起きたのか。

●琴平敏生《ことひらとしき》

二十歳。蔦《つた》の精霊《せいれい》である母が禁を犯《おか》して人とのあいだにもうけた少年。母の形見の水晶珠《すいしょうだま》を通じて、常人には捉《とら》え得《え》ぬものを見聞きすることができる。「裏」の術者たる天本の助手として「組織」に所属。敬愛する絵の師匠との小旅行から戻った少年を待っていたものは、怖ろしいばかりの静寂に包まれた無人の我が家だった。誰より大切な人を捜して、少年の戦いが始まる——。

登場人

●龍村泰彦《たつむらやすひこ》

天本森の高校時代からの親友。現在、兵庫県下で監察医《かんさつい》の職にある。奇抜な服装センスと率直な言動が特徴の大男。天本と敏生の良き協力者、理解者である。

●小一郎《こいちろう》

天本の使役《しえき》する要《かなめ》の式神《しきがみ》。物言いは古風だが、妖魔《ようま》としてはまだ若い。通常、小さな羊の人形に憑《よ》っているが、顕現《けんげん》の際には、精悍《せいかん》な長身の青年の姿をとる。

●早川知足《はやかわちたる》

「組織」のエージェント。本業は外国車メーカーの販売課長。段取りと手まわしの周到さ、絶妙のタイミングをはかる才にかけて、彼の右に出る者は存在しない。

●河合純也《かわいすみや》

「添《そ》い寝《ね》屋《や》」の異名を持つ盲目の追儺師。その名のとおり、添い寝をすることで魔を封じる。ちゃらんぽらんに見えるが、実は気骨のある立派な（多分）、女好き。

イラストレーション／あかま日砂紀《ひさき》

琴歌奇談

一章　これまでの予測なんて

それは、一月半ばのある日のことだった。

コンコンコンコン！

控えめなノックの音に、ベッドの中でうとうとしていた天本森《あまもとしん》は目を開けた。明るい室内に二度ほど瞬《まばた》きして、重い頭を枕《まくら》に預けたまま口を動かす。

「……どうぞ」

嗄《しわが》れた声に我ながら驚いていると、扉を開けて顔を覗《のぞ》かせたのは、予想どおり……というか他にはいないのだが、森の同居人であり弟子であり恋人である琴平敏生《ことひらとしき》だった。

「まだ酷《ひど》い声ですね。おはようございます。起こしちゃいました？」

すまなそうにそう言って、敏生は森の部屋に入ってきた。カーテンを半分開け放した室内はそれなりに明るく、枕元に来た敏生の顔がよく見える。

「風邪《かぜ》の名残《なごり》さ。もうほとんど治っているよ。……もう起きようと思っていたところだしな」

森はそう言いながら、ゴソゴソと身を起こした。敏生は手にした盆をベッドサイドの小さなテーブルに置き、自分はベッドの端っこにちょんと腰を下ろす。

「朝ご飯ですよ。ちゃんと食べて、薬飲まないと」

敏生はそう言って、森の額に手を当てた。満足そうに頷《うなず》く。

「うん、熱はだいぶ下がりましたね。このぶんだと、もうすぐ起きられそう」

「もうとうに起きられるよ。君が大袈裟《おおげさ》なんだ」

「天本さんが、自分のことに無頓着《むとんじゃく》すぎるんですッ」

呑気《のんき》な森に対して、敏生は優しい眉《まゆ》を逆立てて文句を言う。森は心外だと言いたげに綺麗《きれい》な弓なりの眉《まゆ》をわずかに持ち上げたが、一言えば十返ってくるに決まっているので、賢明にも何も言わなかった。

実は、森は三日前から寝込んでいた。そもそもは敏生が先週インフルエンザにかかり、一つ屋根の下に暮らしている森も、それを見事に貰《もら》ってしまったというわけなのだ。

おかげで森は、親友兼主治医である龍村泰彦《たつむらやすひこ》には「おい天本、お前、病気の琴平君に何ぞ不埒《ふらち》な真似《まね》でもしたせいで、天罰が下ったんじゃないか？」とからかわれ、たまたま電話をかけてきた「組織」のエージェント早川知足《はやかわちたる》には実にさりげなく「鬼の霍乱《かくらん》でございますね」と無礼千万な感想を吐かれ、高熱と咳《せき》と関節痛に苦しめられて、さんざんな数日間を過ごす羽目になった。

そして、ようやく昨夜《ゆうべ》から、他の症状はまだ残っているものの熱が下がり始め、ずっと呵責《かしゃく》の念を感じつつ看病していた敏生は、ホッと胸を撫《な》で下《お》ろしたのだった。

モソモソして食べにくいトーストを少しずつ齧《かじ》りながら、森は枕元《まくらもと》の時計を見た。

「そういえば君、まだ出掛けなくていいのか？　遅れるとまずいんだろう」

時刻は午前八時を過ぎたところである。敏生は、ベッドに腰掛けたまま、こともなげに言った。

「八時半になったら出ます。……でも、大丈夫ですか？　天本さんひとりにしちゃって。心配だなあ。やっぱり他の人に替わってもらったほうが……」

心底心配そうに覗《のぞ》き込《こ》んでくる鳶色《とびいろ》の大きな瞳《ひとみ》に、森は熱のせいでまだ少し潤んだ目を和ませた。

「大丈夫だよ。子供じゃあるまいし、そんな心配は必要ない。熱もほとんど下がったから、あとはおとなしく寝ているさ」

「ホントに寝てると思えないから、心配してるんじゃないですか。僕が目を離したら、すぐ薬飲むのやめたり、仕事始めたりしそうなんだもの。はい、お薬。せめて朝の分だけでも飲んだところ確認しなきゃ、僕は不安で出掛けられません」

敏生は母親めいた調子でそんなことを言い、トーストを食べ終わった森の鼻先にコップの水と薬包を突きつけた。森は渋い顔でコップを受け取り、いかにも嫌々といった様子で粉薬を飲みくだした。

そう、敏生は今日から一泊二日の予定で旅行に出掛けることになっている。彼が師事している画家の老婦人が島根県出雲《しまねけんいずも》地方に行くことを決め、それに末弟《ばってい》である敏生が、他の二人の弟子とともに付き添うことになったのだ。

舌先に残る薬の苦みに端正な顔を顰《しか》めながら、森は保護者然としている九歳年下の恋人の額を指先で突いた。

「馬鹿《ばか》。今回はさすがに仕事をする気力はないさ。俺は大丈夫だから、君こそ気をつけて行ってこい。先生はご高齢なうえに、病み上がりだろう。無理をしたり体調を崩したりしないように、君がよく気をつけてな」

まだ幼さを残した丸い頰《ほお》を不満げに膨らませ、しかし敏生は素直に頷《うなず》く。

「先生に風邪《かぜ》引かせたりしたら大変ですもんね。先生がいい絵を描《か》けるように、一生懸命お手伝いしてきます。あの、でももし具合悪くなったりしたら、すぐ知らせてくださいね？　飛んで帰りますから」

「本当に大丈夫だよ。俺のことは気にせず、十分楽しんでくるといい。先生もだが、君たちも絵を描くことができるんだろう？」

「ええ。スケッチブックと簡単な画材を持っていくつもりです。カメラを持っていくかどうかは考え中なんですけど」

「何故《なぜ》？　せっかくの旅行なんだ、たくさん写真を撮ってくればいいじゃないか」

「先生がね、カメラで気に入った風景を撮りまくるのもいいけど、本当に心に響いた風景を、目に焼き付ける訓練をしたほうがいいですよって言ってくださって」

「ほう。それはまたどうしてだい？」

「ホラ、何となく写真を撮ることで安心して、それで景色を一生懸命見ることをやめちゃうでしょう？　それに写真のフレームで切り取った風景は、それ以上広がらない小さな世界として完結しちゃってるからって。だけど心の中に残してある風景は、いくらでも広がっていくものだから……感動の力が、それをずっと鮮やかなまま保ってくれるから。だから、結果として少しくらい現実と違っちゃっても、本当に綺麗《きれい》だと思った風景をただ一つ心に残して、それを思い出して描《か》くほうがいい絵になりますよって、そう仰《おっしゃ》るんです」

「なるほど」

「僕はまだそれができる自信がないんですよね。それで、どうしようかなって思ってるんです。でもやっぱり、今回はカメラは置いていこうかな」

「それがいいかもな。俺も写真より、君が気に入った景色を描いた絵を見るほうが楽しみだよ」

　森はサイドテーブルにコップを置くと、敏生の柔らかな栗色《くりいろ》の髪をくしゃりと撫《な》でた。

美容院に行くとどうしようもなく緊張するらしい敏生は、切羽詰まるまでヘアカットに行

かない。おかげで緩い癖のある髪は、頑張れば兎《うさぎ》の尻尾《しっぽ》くらいには結べるほど長くなっている。

「旅行のときは、余裕を持って行動するほうがいい。支度がすんでいるなら、もう行っておいで」

「……はい」

「先生が疲れないように、くれぐれも注意するんだぞ」

「ええ」

森に促され、敏生はまだ躊躇《ためら》いを含んだ返事をして、ベッドから立ち上がった。いつもカジュアルな服装の敏生だが、今日は先生に敬意を払ったのか、いつもよりは少しいい服を着ている。まだ真新しいジーンズと合わせたのは、年明け、森と一緒に選んで買ったカーキ色のタートルネックセーターだった。

「じゃあ、行ってきます。身体《からだ》冷やさないように、ちゃんと水分摂《と》って、ご飯も食べて、お薬もきちんと飲んでくださいよ？」

「わかったわかった。そうするよ。だが、本当に気をつけて行けよ。場所が場所だけに、気軽に式《しき》を飛ばすわけには……」

真顔で言いかけた森の言葉を遮り、敏生はことさらに明るく言った。

「わかってますったら。天本さんこそ、僕が帰るまでに、身体治しておいてくださいよ。

小一郎《こいちろう》に見張っててもらいますからね」

「やれやれ、俺は自分の式神《しきがみ》に私生活を監視された挙げ句、素行を事細かに君に告げ口されるのかい？」

「ええ、覚悟しててください」

敏生はクスクス笑いながら、上体を屈《かが》めた。催促するように、唇を軽く尖《とが》らせる。

「インフルエンザのピンポンラリーになっても知らないぞ」

そんなことを言いながらも、素直なおねだりに応じて、森は敏生の唇に軽いキスを贈った。

「じゃ、行ってきます」

「気をつけてな」

敏生は元気よく手を振ると、部屋を出ていった。バタバタと階段を下りる足音が小さくなっていく。じっと耳をそばだてていると、やがて玄関の扉が開閉する音が聞こえた。

急にしんと静まりかえった室内が物寂しくて、森は一つ咳払《せきばら》いしてみた。そのついでに、小声で呼びかける。水分を摂《と》ったおかげで、さっきよりスムーズに声が出るようになっていた。

「小一郎」

「……お傍《そば》に」

すぐさま、枕元《まくらもと》にひとりの青年が跪《ひざまず》いた。森の忠実な式神《しきがみ》、小一郎である。

「敏生に俺を見張れと言われたそうだが、そんな必要はない。せめて出雲に入るまで、敏生と一緒にいろ」

森はわざと非難めいた口調で言った。森から「いつ何時でも敏生を守るように」と命じられている式神は、いつもなら敏生のジーンズのベルト通しにぶら下げた羊人形の中に潜んでいるはずなのだ。

ブラックレザーに全身を包んだ小一郎は、いささか気まずげに頭《こうべ》を垂れたまま答えた。

「うつけに人形を持たせてありますゆえ、すぐに飛べまする。ですが、うつけめが主殿《あるじどの》のことをいたく心配しておりましたゆえ、今しばらくご様子を……と思いましただけで」

「やれやれ、お前にまで敏生の心配性が移ったとみえる。大丈夫だ。この家を取り巻く結界を維持する程度の体力は戻ったし、何かあればすぐに呼ぶ」

「お言葉もっともなれど……」

小一郎は、野性味溢《あふ》れる浅黒い顔を上げ、物言いたげに森を見た。だが、言葉にすることすら憚《はばか》られるのか、じっと唇を引き結んでいる。

敏生と小一郎が何を心配しているのか、森には痛いほどわかっていた。

それは、彼の実の父親、トマス・アマモトのことだった。年末、東京タイムスリップパークへと霊障《れいしょう》解決の仕事に赴いた森と敏生の前に、トマスは唐突に姿を現した。これまでも何度か現れては謎《なぞ》めいた発言を繰り返してきたトマスだが、そのときはついに敏生の喉《のど》にナイフを押し当てるという凶行に及んだ。しかも彼は、敏生の精霊《せいれい》としての能力に並々ならぬ関心を示し、今は人間に傾いている敏生の資質を精霊の側に傾かせる手段すら口にしたのである。

小一郎の機転、それに龍村と河合《かわい》の協力を得てその場は事なきを得たが、それ以来、森には本当の意味で心の休まるときはなかった。どんな手段を使っているのかはわからないが、とにかく森と敏生の動向をすべて把握しているらしいトマスが、いったい次はいつ、どこに現れるのか。そして森と敏生にいったい何をしかけてくるつもりなのか……。

それを考えると、いくら自宅の結界を強化し、自分の右腕ともいえる小一郎を敏生の護衛につけたとしても、それで万全の守りを敷いたとは、森にはとても思えなかったのだ。

「昔から……それこそ生まれる前から、俺の人生は親父《おやじ》にとっては実験動物のようなものだったんだ。だから、あの人が執拗《しつよう》に俺を監視し、俺に干渉しようとすることに関しては、心のどこかで避けられない運命のようなものだと思ってきた」

「……主殿《あるじどの》」

森の自嘲《じちょう》ぎみな呟《つぶや》きに、小一郎は少しムッとした顔つきをする。森はそんな正直な式神《しきがみ》の抗議に、肩を小さく竦《すく》めた。

「そんな顔をするな。べつに自分のすべてを諦《あきら》めたわけじゃない。ただ、生まれながら持ち合わせたハンディキャップのようなものだと思い込もうとしていただけだ。だが、今は違う」

森の黒曜石の瞳《ひとみ》に、鋭い光が宿った。

「あの人が敏生に害を為《な》そうとしているとわかった以上、実の父親といえども、俺はあの人を敵と見なす。……親父《おやじ》と俺が仲直りすることを祈っている敏生は悲しむだろうが、俺は考えを変えるつもりはない」

「主殿《あるじどの》……」

「本心を言えば、父とのことがはっきりするまで、敏生をここから出したくないとさえ思うんだ。俺の目の届かないところに行かせたくなどないと。だが、そうやって俺のエゴで、敏生に余計な恐怖や不安を与えたり、行動を制限したりすることも、してはならないことだと思う。だから……お前に頼む、小一郎。可能な限り、あいつと一緒にいて、見守ってやってくれ」

「お任せを」

主の真摯《しんし》な言葉に、小一郎は深々と頭《こうべ》を垂れた。そして立ち上がると、いつも敏生がしているように、ベッドの上に広げられているカーディガンを、森の身体《からだ》に決して直接触れることなく、フワリと肩に掛けた。

「お身体が冷えてはいけませぬゆえ、ご無礼いたしました。主殿が再び体調をお崩しになるようなことがござりましては、うつけめがまた情けなくべそをかきまする」

「小一郎……」

小一郎は、再び地面に片膝《かたひざ》をついた。そして、猟犬の如《ごと》きひたむきな目で、主人を見上げた。

「ご安心を。この力の及ぶ限り、うつけめはこの小一郎が。出雲に無事入ったのを見届け、すぐ戻りまする」

「……ああ」

「御免」

深く頭を下げたと思うと、次の瞬間、式神《しきがみ》の姿は消え去っていた。森は嘆息して小一郎が消えた床から窓へと視線を滑らせた。カーテンの向こうで揺らめく白い朝の光を、見るともなしに眺める。

「よりにもよって、出雲とはな」

森は嘆息した。いつもなら、道中ずっと小一郎を敏生につけておく森である。森の最初の式神であり、右腕の小一郎なら、たいていのトラブルから敏生を守るだろうし、もし手に負えないときはすぐさま森に連絡してくるだろう。

だが、敏生が今回向かう出雲大社《いずもたいしゃ》周辺は、古来神々にゆかりの深い神聖な地である。土地の霊気がひときわ強く、妖魔《ようま》の小一郎には立ち入ることができないのだ。むろん、他の妖魔《ようま》もそうそう棲《す》みつくことができないので、霊障《れいしょう》を受けやすい敏生にとっては、かえって安全な場所ということにもなるのだが。

「とにかく、無事を祈って待つしかないか」

まだ、長く起きていると咳《せき》が止まらなくなる。森は咳《せ》き込《こ》みながら、のろのろとベッドに潜り込んだ。とりあえず、何かあったときのために、少しでも早く体調を回復させておかなくてはならない。そう自分に言い聞かせ、森はじっと目を閉じ、眠りの訪れを待った……。

——おい、うつけ。

(あれ、小一郎? 今回は一緒に来られないんじゃなかったの?)

頭の中に直接響いてくる聞き慣れた声に、空港の待合室に座っていた敏生は、声を出さずに答えた。式神《しきがみ》の声は、他の人間には聞こえない。うっかり普通に返事をしようものなら、周囲の人に奇異の目で見られることは必至である。

——うむ。出雲には、俺のような妖魔は入れぬ。かの地は出雲大社の神気が強いからな。だが、主殿《あるじどの》より、出雲に入るその直前までお前を守るよう仰《おお》せつかったのだ。お前のことだ、いかなるヘマをやらかすかわかったものではないだろう。俺がしっかり監督してやる。

（もう、天本さんってば、病人のくせに人の心配ばっかりするんだから。天本さんこそ、ちゃんと寝てた？）

——うむ。今頃はよくお休みであろう。お前を出雲まで送り届け次第、主殿《あるじどの》のもとへ戻るゆえ、お前は心配せずともよい。

（じゃあ、一緒に飛行機乗っていくんだ？　そういえば小一郎ってさ、飛行機怖くないの？　乱気流とか、離陸のときとかさあ）

悪戯《いたずら》っぽい表情で、敏生はジーンズのベルト通しにぶら下げた羊人形を見下ろした。

——ばっ、馬鹿《ばか》にするでない。妖魔《ようま》が空を飛ぶことを恐れて如何《いかが》する。お前こそ、妖《あやか》しの道を運ばれるときは、いつも身震いししているではないか。

寂《さ》びた声が凄《すご》むのと同時に、可愛《かわい》らしい羊人形の前足がペシペシと敏生の腿《もも》のあたりを叩《たた》く。そのアンバランスさに、敏生は思わずプッと吹き出した。

「どうなさったの？」

すぐ傍《かたわ》らに腰掛けていた敏生の絵の先生、八十五歳にしてまだ現役画家の高津園子《たかつそのこ》が、訝《いぶか》しげに敏生を見遣《みや》る。敏生は慌てて笑って誤魔化《ごまか》そうとした。

「あ、いえ何でも。飛行機が次々着陸するなーと思って」

そんな敏生の落ち着きのない言動を、旅行に心躍らせているのだと勘違いした園子は、上品な小作りの顔に笑みを浮かべた。

「飛行機旅行は初めて？」

「いえ、前にロンドンとベトナムに行ったことがあるんです。だから初めてじゃないんですけど……」

「お友だちと？　それともご家族と？」

「ええと……はい、家族と……です」

だって天本さんと小一郎と一緒だったものね、と心の中で呟《つぶや》いて、敏生は嬉《うれ》しげな顔で「家族」という言葉を口にする。園子も笑みを返して、ガラスの向こうで大きな音をたてて離陸していく飛行機の姿を目で追った。

「そう。私は、子供がないから、家族旅行の楽しみを知らないのが残念だわ。それでも、旅行に出ると心が浮き立つような気持ちがするわね。いくつになっても」

園子の言葉に、敏生は目を丸くした。

「先生もですか？　やっぱりワクワクするんですか？」

「あら、おばあちゃんだからって、落ち着き払ってるわけじゃないのよ。出雲は初めてだから、とっても楽しみですよ。それに、お弟子さんたちと一緒だから心強いし、お話もできるし。お天気がいいといいわねえ」

「そうですね。よく晴れて、暖かいといいなあ。僕、あんまり気が付かないかもしれないですけど、一生懸命お手伝いします。何でも仰《おっしゃ》ってください。特に、しんどいとか痛いとか、そういうことがあったら、すぐ教えてくださいね」

そんな敏生の言葉に、園子は笑顔で頷《うなず》いた。

「ええ、琴平君にはたくさん助けていただくことになると思いますよ。でも、私の手伝いだけでなく、あなたもいい画題を見つけてちょうだいね。せっかくの旅行だもの。楽しく過ごしましょう」

「はいっ」

敏生は元気よく頷いた。そのとき、広い待合室にアナウンスが響き渡る。どうやら、敏生たちが乗る出雲空港行きの飛行機が、搭乗受付を開始したらしい。他の二人の弟子たち……いずれも七十歳を過ぎた女性なのだが……が、よっこらしょと立ち上がる。敏生も、園子のバッグを持ち、自分のバックパックを背負って立ち上がった。ついでに、園子が膝《ひざ》にかけていたショールを、肩に回しかけてやる。

昨年末、個展のための絵を描《か》いているとき、園子は心筋梗塞《しんきんこうそく》の発作で倒れた。幸い目立った後遺症こそ残ってはいないが、まだ体調は万全とはいえない。今回の旅行を園子が計画したとき、弟子たちはこぞって止めた。だが園子は「養生したって、いつまでも生きられるわけじゃなし。それに、出雲には生きているうちに一度行きたいのよ」と言ってきかなかった。それで、せめて一泊二日、それも玉造《たまつくり》温泉に宿を取って湯治を兼ねたスケッチ旅行、ということに落ち着いたのだ。

心筋梗塞《しんきんこうそく》の患者には何より寒冷刺激がいけないのだと龍村から聞いた敏生は、園子の服装には特に気を遣っていた。まるで実の孫のように、敏生は園子の手を引き、搭乗口へと向かう。その腰では、式神《しきがみ》が収まった小さな羊人形が、勢いよく揺れていた……。

その夜、十一時。

敏生は、玉造温泉の旅館の部屋から森に電話をかけた。

隣室に園子と二人の姉弟子が入ったので、敏生には、広い部屋が丸ごと与えられたのである。十畳の部屋の真ん中にポツンと敷かれた布団《ふとん》の上に座り、敏生は携帯電話を耳に当てた。

たった二回のコールで、森は受話器を取る。敏生は思わず、挨拶《あいさつ》をすっ飛ばして小言を口にしてしまっていた。

「もう、天本さん。そんなに早く出てくるってことは、布団に入ってなかったんですね。駄目じゃないですか」

『開口一番それか。ちゃんと一日、ベッドに埋もれていたさ。ついさっき龍村さんから電話があったから、居間にいただけだ。もう部屋に引き揚げようとしていたところに、君からの電話がかかってきたんだよ』

森はやや不服そうに言い返す。その声が朝より少し元気そうなのに安堵《あんど》して、敏生は照れ笑いしながら謝った。

「ごめんなさい。でも、心配だったから。ちゃんとご飯食べてますか？　今、暖かくしてます？　寒いところで長々喋《しゃべ》っちゃ駄目ですよ」

『君まで、龍村さんと同じようなことを言うんだな。ちゃんと粥《かゆ》を炊いて食べたよ。それにガウンを着て、暖炉に火を入れているから安心しろ。それより君のほうは？　先生はお元気かい？』

　敏生はゴソゴソと足を胡座《あぐら》に組み替えながら答えた。

「ええ。お天気よくて、そんなに寒くなくて。出雲空港から、まっすぐ出雲大社にお参りしました。それから、出雲そば食べて、日御碕《ひのみさき》海岸行って、八雲立《やくもた》つ風土記《ふどき》の丘《おか》に行ってて……。出雲そばって美味《おい》しいですよ。何かね、小さな入れ物に三段とか五段とかにちょっとずつ分けて入れてあって、それぞれトッピングが違うんです」

『ほう、それは旨《うま》そうだ。君は当然五段の奴《やつ》を食ったんだろう？』

「ええ、もちろんです。でも一段に入ってるの、ほんのちょっぴりなんですよ。十段でも食べられたかも」

『やれやれ。それにしても盛りだくさんだな。先生はお疲れなんじゃないか？』

「ええ。でも、飛行機降りてからはずっとタクシー移動で、あんまり歩くことはなかったんです。先生も、ちっとも疲れなかったわってお元気でした」

元気いっぱいの敏生の声に、電話の向こうの森の声も柔らかみを帯びる。

『それはよかった。それで今は？』

「玉造温泉の旅館です。宿に着いたら女性陣と僕に分かれちゃって、ご飯のとき以外はひとりなんです。それにみんな、夕飯食べたらもう寝ちゃうって。この宿、ゲームセンターとかないし、ひとりぼっちでちょっとつまんないかな。さっきまで、ちょっと今日描《か》いたスケッチに手を入れたりしてたんですけど」

『いいじゃないか。たまにはひとりでのんびりしろよ。宿はどうだ？』

「広くて綺麗《きれい》な部屋ですよ。一階だから景色は今イチですけど、でも庭は見えるし。ご飯も美味《おい》しくて、お風呂《ふろ》も広くて気持ちよかったです。先生たち女性陣はね、お風呂上がりに三人並んで、足裏マッサージしてもらってました。あ、そういえばお風呂のお湯が出るところが、小さな出雲大社になってるんですよ。あれ面白かったな」

『それで、君の心に響く画題は見つかったのかい？』

敏生はちょっと困った顔で、携帯電話を耳に押し当てたままごろんと布団《ふとん》に横たわった。高い天井は綺麗な木目模様で、蛍光灯を覆うカバーも凝ったデザインのものである。

「まだ、です。初めての場所だし、何を見ても珍しいし綺麗なんだけど……。でも、心に響くっていうほど素敵《すてき》な風景は、まだ見てないような気がします。っていうか、心に響くの意味を考えなきゃいけない感じかなあ……」

『やれやれ、まだ先は長いな』

「えへへ。とりあえず明日に期待、かな」

『明日はどこへ？』

「ええと……」

　敏生は手を伸ばし、枕元《まくらもと》に置いてあったガイドブックを広げた。いつもの旅行ならスケジュールは森に任せっぱなしの敏生だが、今回は老婦人三人を連れて歩く立場である。さすがに自分がしっかりしなくてはと、ちゃんとガイドブックを持参しているのだ。

「明日は、まず松江《まつえ》へ行くんです」

『松江といえば、小泉八雲《こいずみやくも》だな』

「小泉八雲……ってええと、お坊さんですか？」

　敏生の間抜けな返事に、受話器の向こうで、森が深い溜《た》め息《いき》をつく。

『馬鹿《ばか》、教科書にいっぺんくらい掲載されていただろうに。本名ラフカディオ・ハーン、ギリシャから日本にやってきて、「怪談」を執筆した人だよ』

「あ、それなら知ってるかも。喋《しゃべ》る布団《ふとん》の話とか書いた人ですよね。兄さん寒かろう〜、とかいう怖い話」

『そうだ。……君、もう少し本を読めよ。小説だって、立派な画題になるだろう。縁《ゆかり》の土地でその作家の本を読めば、気分も出るぞ』

「あはは、天本さんはやっぱり作家さんですね。僕ら、小説のほうはあんまり……だから、美術館へ行くんです。先生が、ティファニー美術館を見たいって仰《おっしゃ》ってて。僕も凄《すご》く楽しみなんですよ。そこでゆっくりしてから松江の町を見物して、時間があったら足立美《あだち》術館まで足を延ばして、米子《よなご》空港から帰りましょうかって。夕ご飯食べて解散らしいから、少し遅くなりそうです」

『わかった。くれぐれも気をつけてな。俺も明日は……』

「明日は？　あ、まさか原稿書こうなんて思ってるんじゃないでしょうね。まだ駄目ですよ！」

途端に敏生は声を尖《とが》らせる。森は慌てて誤魔化《ごまか》した。

『い、いや。明日もおとなしく寝ていようと思っただけさ。ちょっとした言い間違いだ』

「……ホントかなあ。天気予報じゃそっちは明日寒いみたいだし、ちゃんとおとなしくしててくださいよ？　帰ってみたら床に倒れてたりしたら嫌ですからね？」

『わかってる。……では、お言葉に従って、そろそろ布団《ふとん》に潜り込むことにするよ』

「そうしてください。お土産《みやげ》いっぱい買って帰りますね。松江は和菓子がとっても美味《おい》しいんですって」

『楽しみにしてる。土産も、土産話もね。では、おやすみ』

「おやすみなさい」

敏生は通話ボタンを切ると、布団《ふとん》に大の字になった。楽しく過ごしているとはいえ、やはり病み上がりの園子のことを心配し、他の二人の弟子にも気を遣い、ずいぶんとくたびれていたらしい。森の声を聞いているうちに張りつめていた気持ちがほぐれ、それとともに疲労がじんわりと全身に広がってきたような気がする。

（お年寄りは朝が早いっていうから、三人ともきっと早起きなんだろうなあ）

万一園子が「朝の散歩がしたい」などと言いだしたら、きっと他の二人は敏生を叩《たた》き起《お》こしてお供を命じるだろう。それに夕飯が早かったので、このまま起きているときっと腹が減ってくるに違いない。夜食を買い込む暇がなかったので、そうなってしまうと朝まで飢餓感に苦しむことになる。

「う。まずいな。おやつ持ってくるの忘れたもんなあ……。お腹空《なかす》く前に寝たほうがよさそう。明日も頑張らなきゃだし」

いったん心を決めると、行動は早い敏生である。ピョンと跳ね起きると、洗面所で歯を磨き、部屋の電気を消して布団に潜り込んだ。

枕元《まくらもと》の小さなスタンドだけをつけ、ジーンズから外した羊人形を頭のすぐ脇《わき》に置く。小一郎は、出雲空港上空で「俺はここまでだ」と姿を消してしまったので、今、布団の上に置かれたそれは空っぽの、ただのクタクタしたタオル地の人形にすぎない。それでも何となく、いつもの癖できちんと座らせてやってから、敏生はその愛らしい姿にニッコリした。

「おやすみ、小一郎。僕が帰るまで、天本さんのことよろしくね」

いつもならペシッと自分の手を叩《たた》くであろう柔らかな羊の前足を指先でつまんで「握手」し、敏生は自宅のと違って硬い枕《まくら》を布団《ふとん》の外に放《ほう》り投《な》げた。パリッとしたシーツに直接頭を置く。心地よい眠気は、すぐに訪れた。

三分も経《た》たないうちに、敏生は健やかな寝息をたてていた……。

その頃森は、寝支度を整え、自室に戻っていた。

(あの様子なら、敏生はもう寝ただろうな)

そんなことを思いながらガウンを脱ぎ、冷たいベッドに身体《からだ》を滑り込ませる。ここ数日寝てばかりいたので眠くはなかったが、まだ全快にはほど遠い身体のほうはいくらでも休息を要求する。

「しかし……敏生に話し損ねてしまった……」

暗闇《くらやみ》の中で、柔らかな羽根枕に頭を埋《うず》め、森はひとりごちた。明日、ちょっとした予定が入ったことを敏生に告げておこうと思ったのに、言いかけるなり怒濤《どとう》の勢いで咎《とが》められたので、つい咄嗟《とっさ》に誤魔化《ごまか》してしまい、本当のことが言えなかったのだ。

べつに敏生を恐れているわけではないが、彼が自分のことを心底心配してくれているのは重々わかっているし、その気持ちにほんの少し背くようなことをしようとしている自分が、どうにも後ろめたい森なのである。

「まあ、いいさ。決定するのを、あいつが帰ってくるまで待てばいいだけのことだ」

そんなふうに自分を慰め、森は目を閉じた。

（来訪を断るほうがよほど骨が折れる相手だから、来させて手短に話を聞いて、さっさと追い返す。それだけのことだ……）

言い訳めいた言葉を頭の中でグルグル何度も繰り返しているうちに、徐々に瞼《まぶた》が重くなってくる。あり合わせで作れる明日の敏生のための夜食のメニューなどを考えつつ、森はいつしか眠りに落ちていった……。

彼らにとって、その夜が嵐《あらし》の前の最後の安らかな夜になることを、そのときの二人はまだ知るよしもなかったのである……。

＊　　　＊

翌朝、敏生は午前六時前に目を覚ました。まだ外は暗いが、空っぽの胃袋が「朝だよ！」と彼を叩《たた》き起《お》こしたのだ。

とはいえ、すぐに食べ物を供給してやることは、出先では不可能である。朝食は七時にしようと、昨夜《ゆうべ》他のメンバーと約束したのを思い出し、敏生は嘆息した。

「せっかくだから、食事の前に一風呂《ひとふろ》浴びちゃおう。お風呂入ってるあいだは、お腹空《なかす》いてること忘れられそうだし」

敏生はほとんど帯だけ腰に巻いている状態の浴衣《ゆかた》をどうにか直し、きゅーきゅー切なく鳴いている腹を宥《なだ》めながら部屋を出た。

驚いたことに、大浴場の前で、既に入浴をすませて部屋に帰る途中の園子と二人の弟子にばったり出くわす。どうやら、午前五時過ぎから、もう起き出して活動を開始しているらしい。なるほどこれが「老人力」かと深く納得し、敏生は彼女たちに朝の挨拶《あいさつ》をして、「殿方」と書かれた大浴場に入った。

広い浴場には、予想以上にたくさんの人がいた。敏生は適当に掛け湯をして、まっすぐ露天風呂へ向かった。昨夜は暗くて周囲がよく見えなかったが、大きな岩を組み合わせて造った浴槽の周囲は、ちょっとした日本庭園になっていた。竹製の高い塀で囲われた庭には、松や灯籠《とうろう》、それに小さな滝まである。

(そっか。いつもは早く目が覚めても、天本さんを起こしちゃわないように布団《ふとん》の中で時間潰《つぶ》してるもんなあ。みんな、けっこう朝早くから活動してるんだ)

そんな妙な感慨を抱《いだ》きつつ、敏生はゆったりと温《ぬる》めの湯に身体《からだ》を浸した。ふと仰いだ空は、まだ灰色がかったオレンジ色である。しかし雲はほとんどなく、今日もよく晴れた一日になりそうだった。

(天本さんはまだ夢の中だろうな。昨日よりよくなってるといいけど。ホントにおとなしく寝ててくれてるのかなあ)

他の人と旅先にいても、やはり考えるのは森のことばかりだった。綺麗《きれい》な景色を見れば、ここに森が一緒にいればいいと思う。美味《おい》しいものを食べれば、森にも食べさせたいと思う。一緒に笑い合ったり、温《ぬく》もりに触れたりできないのが、やけに寂しかった。

(べつに、先生たちと一緒がつまんないわけじゃないのに。それに、たった一泊二日でそんなこと言ってたら、ちっちゃな子供みたいじゃないか。……でも、これが誰かのことが凄《すご》く……誰より好きってこと……なのかな)

敏生は急に落ち着きをなくし、うーんと両手を湯から出して伸びをした。声に出して言ったわけではないのに、妙に気恥ずかしくなってくる。温泉のせいではなく、頰《ほお》がカッと火照《ほて》った。

「う。も、もう出よう。のぼせそう」

敏生は慌てて湯から上がり、部屋に戻った。一休みして着替えるとちょうどいい時間になり、隣室の三人を誘って朝食会場へと赴く。

和食のあっさりした朝食をすませると、彼らはすぐに宿を出立した。敏生は少し畳の上に寝転がって休憩したい気分だったのだが、他の三人が意欲満々なのだ。仕方なく、敏生は四人分の荷物を持ち、すごすごと元気いっぱいの三人の自称「か弱い老女」に付き従った。

四人を乗せたタクシーは、宍道湖《しんじこ》の湖畔《こはん》ぞいに走り、松江の市街地を通り過ぎて、「ルイス・C・ティファニー庭園美術館」で停《と》まった。

今回、園子と敏生がもっとも楽しみにしていた施設である。ヨーロッパの邸宅をイメージして造られたらしい白亜の建物は、敏生が想像したよりずっと大きかった。庭園美術館というだけあって、あちこちに澄んだ水が流れる水路や噴水があり、建物の周囲は、植物に埋め尽くされている。長い回廊に囲まれた庭は美しいイングリッシュ・ガーデンで、他にも二つの温室、それにチャペルまであるのだ。

さすがに冬だけにイングリッシュ・ガーデンはやや華やかさに欠けたが、温室のほうは素晴らしかった。暖かいことももちろんだが、奇妙な長い空中根を垂らしたアコウの大木を中心に、ブーゲンビリアやベゴニア、フクシアといった色とりどりの花をこれでもかというほど堪能することができるのだ。

歩行距離が長いので、敏生はスタッフから車椅子《くるまいす》を借り、それに園子を座らせて、ゆっくりと展示品を見てまわった。

展示室は大きく三つのエリアに分かれており、最初の「ガイダンス・ルーム」には、写《しゃ》楽《らく》の役者絵や柿右衛門《かきえもん》の壺《つぼ》といった日本の有名な美術品と、そうした日本の美術に影響を受けた、西洋のジャポニズムやアール・ヌーボーの芸術品が陳列されている。

　次の「パリス・サロン」は、アール・ヌーボー全盛の十九世紀の調度品を各種取りそろえ、豪奢《ごうしゃ》なサロンを構築している場所である。ガレ制作の葡萄《ぶどう》や昆虫を丹念に彫刻した美しい飾り棚に目を奪われ、敏生はしばらくその前から動くことができなかった。

　そして、最後の「ルイス・C・ティファニーの世界」では、この美術館のコレクションのかつての持ち主、ティファニーが制作したガラス製の美術品が多数展示されている。

　その中でも、敏生がいちばん心待ちにしていたのは、ステンドグラスだった。とりわけ、通称「鹿《しか》の窓」と呼ばれる、晩秋の山の中で、谷川の水を飲む鹿の姿を描いた作品は、想像を遥《はる》かに超えた素晴らしさだった。

　他の三人も、これまで知っていたステンドグラスとはまったく違う、微妙な色彩とグラデーション、それに奥行きを感じさせる構図に度肝を抜かれたらしく、しばらくまじまじとガラスを見つめていた。

「四千点ものガラス片を組み合わせたのですって、先生。素晴らしいですわねえ」

「本当。よく教会にある切り絵のようなステンドグラスとは、まったく別物……」

　それぞれもやはり画家である二人の弟子が、うっとりした顔つきで口々に言う。園子も、少女のように目を輝かせて頷《うなず》いた。敏生は、彼女たちに相槌《あいづち》を打つこともできず、瞬《まばた》きすら忘れて、目の前の奇跡のような美に圧倒されていた。

ひととおり展示品を見てまわると、弟子二人は土産物《みやげもの》を見に売店へ行き、敏生は園子の希望で休憩室へ行った。宍道湖に面した全面ガラス張りの広大なその部屋は「観鳥館《かんちょうかん》」と呼ばれ、その名のとおり、湖に遊ぶ水鳥たちの姿を見ることができる。

「先生、大丈夫ですか？　お疲れじゃないですか？」

敏生は園子と並んでガラス窓の前の椅子《いす》に腰掛け、心配そうに訊《たず》ねた。園子は笑ってかぶりを振る。

「いいえ、ちっとも。ただ、目と頭は、いっぺんに綺麗《きれい》なものを見すぎて膨れ上がったようになっていますよ」

「僕もです。いっぱいいっぱいって感じ。何か、こういうところに来ると、きっと世界には僕の知らない綺麗なものが、まだまだたくさんあるんだなあって実感します」

「本当ね。……でも、あなたはいいわ。まだお若いもの」

目の前に広がる、満々と水を湛《たた》えた宍道湖を見遣《みや》り、園子は静かな声で言った。敏生はハッとして、そんな園子の温和な横顔を見る。

「先生……」

園子は、寒そうだこと、と水面《みなも》をたゆたう水鳥の姿を見つめながら、淡々と続けた。

「このあいだ倒れたときに、身に沁《し》みてわかりました。もう、そう長いこと、この世にいることはできないことが」

「そ、そんなこと……」

「あなたが初めて家《うち》を訪ねてきたときもそう言ったけれど、あんな大きな発作をすれば、その言葉がぐんと現実味を帯びた気がするのよ。寂しいことね、頭の中には、若い頃と同じくらいぽんぽんと、やりたいことや描《か》きたいものが湧《わ》き出《だ》してくるのに、身体《からだ》がそれについてこないの」

「でも先生、今だってたくさん絵を描いてらっしゃるじゃないですか」

「面白いもので、絵というのは年を重ねるほど上手になるというわけではないの。若い頃の、全身に力が漲《みなぎ》っているときしか描けない絵もあります。けれどこの年になってみると、目も手も体力も若い頃に比べればすっかり衰えてしまっているのに、昔よりいい絵が描けるのね……。どうしてかなとよく考えてみたら、それは、私がこの八十年余りの人生で経験したすべてのことが、絵に映し込まれているからなの」

「経験が……」

「そう。何を描いても、その画題と私の思い出がどこかで出合い、絡《から》み合《あ》って筆に伝わるのですよ。……けれど、そういう我ながら味のあるいい絵を描けるようになったと思ったときには、もう残された時間はわずかなの。残念で、悔しいわ。……誰でもそうなんでしょうけれど」

敏生は何も言うことができず、ただ複雑な面持ちで園子の言葉に耳を傾けている。その頭の中には、初対面のときの園子の姿が浮かんでいた。

敏生が園子に弟子入り志願の電話をかけたとき、園子はやんわりした口調で、しかしきっぱりと、弟子は十年も前に取るのをやめたのだ、と断った。しかし敏生が重ねて頼むと、「弟子は取らないけれど、よかったら一度遊びにいらっしゃい」と言ってくれた。

その言葉に甘えて何度か通ううち、園子はこう言った。

「あなたの性格そのままに、あなたの絵もとても伸びやかでいいわ。……そうね。あなたの描《か》く絵をもっと見てみたくなりました」

それでも彼女は、喜ぶ敏生にはっきりとこう言い渡した。

「でも私は以前に心筋梗塞《しんきんこうそく》をやっているから、いつ死ぬかわかりませんよ。若い頃に取った他のお弟子さんたちと違って、一人前にあなたを育て上げることは、きっとできないでしょう。それでもよければ、時々絵を見せにいらっしゃい。そして他にもっといい先生が見つかったら、いつでもそちらへ移りなさい」

だが敏生は、もう他の「先生」を見つけようとはしなかった。初めて園子の絵を見たときから、理由はしかと言えないものの、彼女が自分の唯一の師匠だと直感していたからである。

ずっと独身を通してきた園子には、家族はない。そのせいか、園子も最年少の末弟《ばってい》である敏生のことを可愛《かわい》がり、そのうち他の弟子たちと同じように、アトリエで園子の仕事を見学したり手伝ったりすることを許すようになった。

敏生が絵を持っていくと、園子は、その絵のモチーフやそれを描《か》くに至った動機をゆったりした口調で訊《き》き出《だ》す。そのうえで絵を仔細《しさい》に眺め、敏生が本当に描きたかったものにその絵を近づけるためにはどうすればいいか、的確なアドバイスを与えるのである。

絵のレッスンというよりは、孫と祖母がお茶を飲みながらあれこれ楽しく語らう、そんな時間を二人は過ごしてきた。時には、園子が描きかけのスケッチを見せ、敏生に意見を求めることさえあった。また、園子の語る若い日の思い出話の中から、敏生が絵のアイディアを得ることも多かった。

「僕は……先生とお会いできてよかったです。絵のことだけじゃなくて、いろんなことを教えていただいたし、これからも……教わりたいです」

園子との穏やかな語らいの中で、学校では決して得られなかった貴重な教えをたくさん与えられてきたのだと、今さらながらに敏生は彼女に感謝した。そして、年末の発作で彼女の命が奪われなかったことを、どこかにいるであろう神様に感謝した。

そんな気持ちを素直に言葉にする敏生に、園子は微笑《ほほえ》んで頷《うなず》いた。

「私もね。お弟子さんたちに囲まれて、今の自分は幸せだと思いますよ。こうして、あなたとここに来られたことも、よかったと。……まるで子供みたいなことを言いますけれど」

園子は言葉をちょっと切り、明るい陽光を反射してキラキラ光る宍道湖の水面《みなも》を見つめて言った。

「あなたはこれからの人生の中で、ここにまた来ることがあるでしょう。それがいつになるかは知らないけれど……そのとき、私とこうしてお話ししながら、宍道湖を見たことを思い出してくださるかしら？」

敏生は躊躇《ためら》いながらも頷《うなず》く。

「そりゃ……絶対、絶対思い出します。でも先生、そんなこと言わないでください。何だかまるで……」

「琴平君、お別れのときはそう遠くないですよ。自分のことですから、わかります」

園子はきっぱり言って、敏生の泣き出しそうな顔を見た。細かい皺《しわ》に包まれて優しく微《ほほ》笑《え》む園子の細い目に、敏生の胸がズキリと痛む。

「絵描《えか》きは幸せね。自分の絵を、後の世に伝えることができるんだから。それでも私は欲張りだから、自分自身のことも誰かに長く覚えていてほしいと思うの。私との思い出が、いつかあなたの絵に描き込まれることがあったら、こんなに嬉《うれ》しいことはないと思うのよ。姿はなくても、絵に深みを与える思い出のひとかけらとして、そこに存在することができたら……それは、誰かに肖像画を描《か》いてもらうより、ずっと価値がある、そして嬉《うれ》しいことだと思うの」

敏生は、園子の顔と宍道湖の風景を見比べ、そしてぽつりと言った。

「それが……先生の仰《おっしゃ》ってた心に響く風景、ってことなんでしょうか。目に綺麗《きれい》なだけじゃなくて、素敵《すてき》な経験をした場所だったり、それを見ると、何か大事な思い出が甦《よみがえ》るような景色だったり……」

園子は深く頷《うなず》いた。

「そう。目で見て美しいというだけでなく、どんな理由であれ、心が強く揺さぶられるような景色……そんなものを、私はあなたに描いてほしいと思うわ」

敏生は少し潤んだ目を園子に向け、頷き返した。

「カメラを持って画材を探しちゃいけない理由が、何だか少しわかった気がします。写真なんか見なくても、僕、今先生とお話ししたことと一緒に、この湖の風景、いつだって……いつまでだって、きっとはっきり思い出せますから。ねえ、先生。僕、帰ったらこの景色、きっと描きます。そしたら……見てくださいますか？」

「ええ、ええ、それは是非拝見したいわ。あら、じゃあそれまではしゃっきり生きていないとね。厳しい評価ができるように」

「はいっ。じゃあ、僕はゆっくり時間をかけて描《か》くことにします。先生がうんと長生きしなきゃいけないように。約束ですよ。必ず、僕の宍道湖の絵、見てくださいね」

「あらあら。これは大変な約束をしてしまったわ」

二人は顔を見合わせ、小さな声をたてて笑った。そして園子は、敏生の二の腕をポンと叩《たた》いて言った。

「さあ、そろそろあの二人も買い物を終えたでしょう。行きましょうか。お昼ご飯を食べたら、まだまだ行きたい場所があるのよ」

「はいっ」

敏生は園子に手を貸して立たせ、車椅子《くるまいす》に移動させる。そして二人は、待ち合わせ場所の館内に併設されたカフェに向かったのだった……。

＊　　＊

その夜、十時過ぎになって、敏生はようやく天本家に戻ってきた。

他の弟子たちとは空港で別れ、敏生はひとりで園子を自宅へ送り届けた。そこで店屋物の寿司《すし》を夕食に御馳走《ごちそう》になり、すっかり満腹になった敏生はご機嫌だった。背中のバックパックの中には、森のための土産《みやげ》がたくさん詰まっている。早く森の喜ぶ顔が見たくて、敏生の足取りは自然と軽くなった。

　玄関には、いつも敏生が出掛けたとき森がそうしてくれるように、明々と照明がついている。ポンポンとスニーカーを脱ぎ捨て、敏生は小走りに居間へと走った。

「天本さん、ただいま帰りました！　……あれ？」

　勢いよく駆け込んだ居間に、森の姿はなかった。部屋の中は暖かく、暖炉の中では残り火がちろちろと頼りなく燃えている。

「いない。……台所かな」

　台所を覗《のぞ》いてみたが、そこにも森の姿はない。

「あれー、もう寝ちゃったのかな。それとも、具合悪くなったのかな」

　敏生はソファーの上にバックパックを放《ほう》り投《な》げると、二階へ上がった。ノックしてから、森の部屋の戸を開ける。部屋には灯《あか》りがついていた。

「天本さん、います？　寝てるんですか？　大丈夫ですか……」

　返事がないので、敏生は部屋に入ってみた。デスクライトもつけっぱなしだが、ベッドには森の姿がない。

「あれえ……？」

　敏生は部屋を出て、トイレと浴室を調べてみた。どちらももぬけの殻である。帰宅そうそう家じゅうを駆けずり回って森を捜したが、どこにも彼はいなかった。

「こんな時間に、出掛けたのかなあ。あ、そうだ。小一郎！」

ふと思いついて、敏生は居間に戻り、式神《しきがみ》の名を呼んでみる。いつもなら、庭のクスノキにいても、すぐに飛び出してくるはずなのだ。だが驚いたことに、こちらも返事はなしのつぶてだった。

「嘘《うそ》。こ、小一郎も一緒に出掛けてるの……？」

敏生はガックリと脱力して、ソファーに腰を下ろした。

早く森に会いたいとそればかり思って帰ってきたので、失望は大きい。だが、あの几《き》帳面《ちょうめん》な森がここまであちこち灯《あか》りをつけたままで出掛けるのだから、きっと近くのコンビニにでも行ったのだろうと敏生は思った。

だが……一時間待っても二時間待っても、森は帰ってこなかった。森ばかりではなく、小一郎も姿を見せはしなかった。

「んもう……天本さんってば。きっと小一郎と一緒なんだろうけど、僕に黙ってどこ行っちゃったんだよ！　……夕方電話したときには、出掛けるなんて言ってなかったのに」

敏生はイライラとローテーブルの上の携帯電話を見た。さっき思いついて森の携帯電話にかけてみたのだが、着信音はものの見事に台所で鳴り響いた。森は自宅にいるときいつも、台所か自室に携帯電話を置いておくことが多いのだ。

（……おかしい……）

そこまで考えて、敏生はハッとした。

「おかしいよ。だって天本さん、最近は出掛けるとき、必ずケータイを持っていってくれるようになったもの」

かつては「監視されているようで嫌だ」と携帯電話を毛嫌いしていた森だが、最近では……そう明言したことはないが、おそらくは彼の父親のことを懸念《けねん》してのことだろう、外出するときは必ず携帯電話を持ち、敏生にも何かあったらすぐ連絡するようにとうるさいほどに言っていた。

「こんな夜中に出掛けるのに、ケータイ持っていかないなんて。絶対おかしいよ……」

急に、不安が胸に押し寄せてきた。それに午後六時過ぎに米子から敏生が電話したとき、森は少し落ち着かない様子だった。

どうしたのかと心配して問いかける敏生に、森は早口にこう言ったのだ。

「風呂《ふろ》の湯がもうすぐ溜《た》まるんだ。水を止めにいかないと」

話は帰ってからいくらでもできるからと、敏生はそれを聞いてすぐ電話を切った。だがさっき覗《のぞ》きに行ったとき、浴槽に湯など溜まっておらず、シャワーを浴びた形跡すらなかった。

敏生は再び森の部屋に駆け込んだ。荒々しくクローゼットを全開にする。

「……やっぱり……」

そこには、森のジャケットがすべてかかっていた。黒のレザージャケットも、カシミアの滅多《めった》に着ない上等のロングコートも、それからいちばんお気に入りのグレイのダッフルコートも。

ゾッと背筋が寒くなった。森はおそらく何か事件に巻き込まれたのだ。それも、身支度をする暇もなく。

敏生は森のベッドに腰を下ろした。怖々触れてみたシーツは、氷のように冷たかった。

「どうしよう……」

いつか森が話してくれた、不思議な船の話……ついさっきまで生活していた気配が残っているのに、乗組員が全員、幻のように消えてしまったというミステリアスな話が、敏生の脳裏によぎる。

「ホントにあったことなんですか?」

ドキドキしながらそう訊《たず》ねた敏生に、森はあっさりと答えたものだ。

「実話らしいよ。そう驚くことではないだろう。俺たちは、異界の存在を知っている。異界への入り口が、この世界のあちこちに口を開いていることもね」

(異界……だって、でも。天本さんに限って、そんなこと……)

森が自分に黙ってこんな夜中に外出することはこれまでなかった。しかも、これほど長時間、小一郎まで伴って……。

「まさか……まさか天本さん、お父さんと何か……？」

考えまいとしても、思考はそこへ……最悪の可能性に至ってしまう。敏生は思わず、両手で自分の腕を抱いた。

もし、敏生の留守中にトマスがここに現れたのなら……そこで森とのあいだに何か諍《いさか》いが起こったのなら……。そうでもなければ、森がこれほど慌ただしく、敏生に何の書き置きも残さないまま姿を消してしまうことなど、考えられない。

「捜さなきゃ。天本さんのこと、捜さなきゃ。……でも、どうしたら……」

広い家の中に自分ひとりという心細さと、森を見つけなくてはという使命感と、そしてどこから手がかりを捜せばいいのかという困惑。様々な想《おも》いが、敏生の頭の中に渦巻いていた……。

二章　直感的な君だから

「落ち着け。落ち着け僕。家の中に、何か手がかりがあるかも」

敏生《とし き》は声に出して自分に言い聞かせると、立ち上がった。とにかく家じゅうを丹念に見てまわり、森《しん》が今日何をしていたか、そして姿を消す前に何があったのか、少しでも手がかりを与えてくれそうな痕跡《こんせき》を捜すことにしたのである。

「……頑張らなきゃ。何があっても、天本《あまもと》さんと小一郎《こいちろう》を見つけなきゃ」

まるでそれが自分に力を与えてくれる魔法のアイテムであるかのように、敏生の手は、胸の守護珠《しゅごじゅ》を服の上から握りしめた。透明な水晶の球体の中で燃える不滅の火が、じんわりとした熱を手のひらに伝える。それを十分に感じ、敏生はそっと手を下ろした。指先が、羊人形に触れる。愛《いと》しげに羊の頭を撫《な》でてやってから、敏生はキッと顔を上げ、階段を駆け下りた。

居間の暖炉の火はもうすっかり消えてしまい、部屋はしんと冷え込んでいた。今夜も、気温は氷点下まで下がりそうだ。敏生は思いつく限り、部屋の中のあちこちを点検してみた。

「うん、戸締まりはちゃんとしてる。……窓ガラスも割れてない。ってか、暖炉に灰がけっこうたっぷり溜《た》まってるから、薪《たきぎ》をたくさん入れたんだよね。ってことは……天本さん、居間に長い時間いたんだ。まったくもう、一日中寝てるって言ったくせに」

　ブツブツ言いながら、敏生は台所に入った。森は洗い物をいつまでも放置するような性格ではないから、流しには何も残されていない。だが敏生は天性の勘というか食い意地で、ゴミ箱の中に和菓子が入っていたと思われる紙箱を発見した。

「これ、販売の日付が今日……あ、もう昨日だ。天本さんが買いに行ったか……貰《もら》ったか」

　ふと食器乾燥機を開けた敏生は、ああ、と小さな声をあげた。そこには、茶碗《ちゃわん》や箸《はし》に交じって、森愛用の湯呑《ゆの》みと、客用の萩焼《はぎやき》の湯呑みが入っていた。

「やっぱり。誰かがここに来たんだ……。じゃあきっと、このお菓子はお土産《みやげ》だよね」

　厚手のぼってりした萩焼の湯呑みを手に取った敏生の顔には、わずかに安堵《あんど》の色が浮かんでいた。

「お客さん用の湯呑みが一つと、こっちは天本さんの。それからお菓子のお皿が二枚。お客さんがひとり来たわけで……それも、お菓子をお土産に持ってきてくれるような人で、天本さんがお茶を出してあげたいと思う人。ってことは……トマスさんじゃ、ない」

実の父親ではあるが、森は決してトマスを歓待したりはしないだろう。たとえトマスのほうは、「愛する息子」と楽しい語らいをしに訪れた、と告げたとしても。そして敏生も、来客がトマスでないと知っただけで、胸に鉄の塊が詰まったようなさっきまでの気分が、ほんの少し軽くなったのを感じていた。

次いで、冷蔵庫を開けてみる。飲みかけの牛乳パック、卵が三個、それに少々の保存食が入っている。中身には、敏生が出掛ける前と大して変わりはないようだ。

敏生は居間に向かい、今一度ソファーに腰を下ろした。胸の守護珠《しゅごじゅ》をじっと握り、深呼吸を繰り返して心を落ち着ける。「気」を研ぎ澄まし、周囲に拡散させていく。

しばらくじっと目を閉じていた敏生は、深い息を吐いて瞼《まぶた》を開いた。

「うーん、嫌な感じや、気が乱れてる感じはしないや……。ここで何かトラブルが起こったわけじゃなさそう。とすると、二階かな……」

さっきよりはずいぶん冷静になった自分を感じつつ、敏生は再度二階へ向かった。もう日付はとうに変わっているが、眠気など微塵《みじん》も感じない。

敏生はまず、自分の部屋に入ってみた。特に何の変わりもない、適度に散らかった馴染《なじ》みの部屋である。異質なものの気配も感じない。

「僕の部屋は違う、と……。じゃ、もう一度お邪魔しまーす」

静寂の中に自分の足音だけが響くのが嫌で、敏生はわざと大きな声で独り言を言い、森の部屋に入った。敏生の部屋とは対照的に、きちんと片づき、塵《ちり》一つ落ちていない部屋。術者である一方で小説家でもある森は、執筆が佳境に入ると、膨大な資料を机の上に積み上げる。だが今は、ここしばらく床に伏せっていたせいで、机の上には何もなかった。

「クローゼットも綺麗《きれい》だったし……。困ったなあ」

軽く整えられたベッドの上には、森のガウンが無造作に脱ぎ捨てられていた。客人が来ることをあらかじめ知っていて、きちんと着替えたのだろう。

「……そっか。昨夜《ゆうべ》の電話で、天本さん何か言いかけてたよね。『俺も明日は……』って。あれ、お客さんが来るってことを言おうとしたんだ。だけど、僕が頭ごなしに怒ったから、言えなかった……」

自己嫌悪《じこけんお》と後悔に襲われ、敏生は思わずガウンを取って自分の顔に押し当てた。ウールの織りの荒い生地が、肌にチクチクする。息を吸い込むと、森のコロンの香りの残り香が、仄《ほの》かに鼻腔《びこう》に忍び込んできた。途端に、懐《なつ》かしさが胸に込み上げる。たかだか二日近く離れていただけで、酷《ひど》く森が恋しかった。しばらくそのまま立ち尽くしていた敏生は、やがて、大きな溜《た》め息《いき》をついてガウンから顔を上げた。

「そうだ！」

昨夜の自分の保護者気取りの言動を反省しつつ、敏生は森との会話を思い出していた。

「確か天本さん、昨夜僕が電話したとき……」

——ついさっき、龍村《たつむら》さんから電話があったから……。

「そうだ、龍村先生と電話で話したって言ってた。先生なら、何か聞いてるかも」

敏生はまた居間へと走る。だが、さすがの敏生も少々躊躇《ためら》った。時刻はもう午前一時を過ぎている。早起きの龍村だ、もう寝ているかもしれない。

「……でも！　非常事態だから、許してください」

呟《つぶや》いて、敏生は龍村家に電話してみた。だが、誰も出てこない。次に龍村の携帯電話にかけてみると、十回ほど呼び出し音が聞こえた後、ようやく龍村が通話ボタンを押してくれた。

「もしもし、龍村先生？　あのう、琴平《ことひら》です」

電話の向こうは、やけに騒がしい。人の声やら音楽やらが、受話器を耳から離しても聞こえるほどのボリュームで流れている。バリバリと雑音も激しい。

何とか聞き取れる声で「ちょっと待ってくれ」と怒鳴った龍村は、どこかへ移動したらしい。ようやく少し静かになった騒音をバックに、龍村のよく通るバリトンが敏生の耳に届いた。

『やあ琴平君。こんな夜中にどうした？』

「こんばんは。龍村先生こそ、いったいどこにいらっしゃるんですか？」

『はは、久々に夜遊び中だ。監察の非常勤をやってる若い奴《やつ》につきあって、ちょっとクラブにな。それよりどうした？　天本のインフルエンザがぶり返しでもしたかい？』

「いえ、そうじゃなくて。あの……昨夜《ゆうべ》、先生、天本さんと電話で話しましたよね？」

『ああ。本当は君にあいつの様子を訊《き》こうと思ってたんだが、本人が受話器を取ったもんでな。君、旅行に出掛けてたんだろ？』

「え、ええ」

『君からの電話だと思ったんだろう、いそいそ出てきやがった。相手が僕だとわかって、あからさまに落胆してたぜ。八つ当たりされていい迷惑だ』

「う、すみません。……あの、それで、そのとき天本さんと何話しました？」

　その問いに、龍村は数秒沈黙してから、少し慎重な口調で答えた。

『具合を訊《たず》ねて、まあ元気そうだったから、適当に近況なんかを喋《しゃべ》っただけだが。どうかしたのか？』

　怪訝《けげん》そうに問われて、敏生はうっと言葉に詰まった。どうやら龍村は、森が失踪《しっそう》しそうな気配をまったく感じなかったらしい。

（龍村先生だってお仕事で忙しいんだ……。余計なことで心配かけちゃいけないや）

　咄嗟《とっさ》に答えることができない敏生に、龍村はこう言った。

『ははあ、もしや、僕と長々くっちゃべっていたせいで、君がかけても話し中だったか？　そのせいで電話できずに、天本を拗《す》ねさせでもしたんじゃないか？　図星だろう』

「う……いや、あの……。ああっ、もう、そういうことでいいですッ。それより、天本さん、電話で先生に何か言ってませんでした？」

破れかぶれで敏生はそう言った。龍村は相変わらず訝《いぶか》しげな口調ではあったが、少し考えてから答えた。

『いや、これといってべつに……。ああ、だが客が来ると言ってたな』

「誰、誰です、それっ⁉」

『おいおい、何か知らんが凄《すご》い勢いだな。……名前ははっきり言わなかったが、早川《はやかわ》さんじゃないのか？　起きられるようになった途端に押しかけてくる嫌味なほどタイミングのいい、いつもの男だ、とか何とかブツブツ言ってたから』

（……早川さん！）

「ありがとうございますっ！　じ、じゃあ、僕これで」

『おい琴平君、いったいどうし』

ガチャン！

不作法とは知りつつも、敏生は龍村の言葉をそれ以上聞かず、受話器を置いた。折り返し何度か電話がかかってきたが、ここで龍村に事情を説明すれば、彼を巻き込んでしまうことになる。それはすべきではないと、敏生は受話器を取りたい気持ちを必死で抑えた。

「早川さん……そうか、早川さんか」

来客が早川ならば、ほどよい感じの手土産《てみやげ》といい森が茶を出す理由といい、納得がいく。だが、早川が単なる病気見舞いで天本家を訪れるとは思えない。ならば……。

「まさか仕事の話……。天本さんってば、僕に相談せずに依頼受けちゃったのかな。それでひとりで……。でも」

いくら早川でも、あからさまに病み上がりな森に、そんな緊急の仕事を押しつけるだろうか。森とて、最近では依頼を受けるときは必ず敏生に相談してくれるようになっていた。今夜敏生が帰宅することを知っていて、しかも夕方言葉を交わしているにもかかわらず、何も言わずに姿を消したりするだろうか。

「ううん、そんなはずない。……まして、小一郎まで揃《そろ》って家を空けるなんてこと、絶対にない」

敏生はふるふると首を振った。しかしとにかく、訪問者が早川らしいという手がかりは得た。次にやるべきことは当然、早川に連絡を取り、本当に天本家を訪問したかどうかを確認し、そうならばその用向きを訊《たず》ねることである。

だが、敏生はそこではたと困ってしまった。

「あ。どうしよ、僕、早川さんのお家《うち》の電話番号知らないや……」

考えてみれば、「組織」の仕事に関する連絡はすべて森が行っていて、敏生が直接早川にコンタクトを取ったことはない。彼の自宅がどこにあるのか、自宅の電話番号は何番か、携帯電話を持っているのか……そんなことは、敏生にはまったくわからないのだ。

「うわあ……駄目じゃん。まさか、ここにそんなの書いてないよね……」

力なく電話の脇《わき》に置いてある電話帳を繰り、そこに早川の名がないことを確認して、敏生は溜《た》め息《いき》をついた。と、あることを思い出し、玄関から外へ飛び出す。

彼が向かった先は、車庫だった。そこには、昨年敏生が購入した小さな車が停《と》まっている。敏生は助手席の扉を開けると、ダッシュボードからバインダーを取り出した。バインダーの中には、名刺が一枚挟まれている。それを見て、敏生は目を輝かせた。

その車は、敏生が早川から購入したものである。早川は「組織」のエージェントであるが、その本業は外国車のディーラーであり、そのつてで敏生は、ずいぶん割安にその車を手に入れることができたのだ。それゆえ名刺には、サービス担当者として早川の名と、営業所の住所・電話番号がしっかりと記されている。

敏生は慌ただしく家の中に引き返すと、名刺を見ながら、営業所に電話してみた。もしかすると誰かがそこにいて、早川の自宅の電話番号を教えてはくれまいか……と、敏生は微《かす》かな期待を抱《いだ》いていた。

『お電話ありがとうございます。ただいま、営業時間外でございます。恐れ入りますが、午前十時以降に再度ご連絡いただけますよう………』

だが、受話器からは、女性の無機質な声で、そんな素っ気ないメッセージが繰り返されるばかりだった。敏生は肩を落として受話器を戻す。

「やっぱり駄目か……。朝まで待たないと無理だよね。あーあ……」

一生懸命辿《たど》ってきた糸がぷつりと切れてしまったような気がして、敏生はソファーにひっくり返った。さっきまでバタバタしていて気づかなかったが、動きを止めると部屋がゾッとするくらい寒いことに気が付く。それに、この二日間の旅の疲れがどっと出て、横になった途端、身体《からだ》が重くなった気がした。

「……はー……このまま寝て起きたら、天本さん、帰ってきててくれないかな……」

そんな希望を力なく口にしながら、敏生は手を伸ばし、きちんと畳んで置いてあったブランケットを手にした。広げて全身をすっぽり包み、それでもまだ肌寒いので、脱いだジャケットもその上に重ねる。

ようやく何とか暖かく身を横たえることができ、敏生は白い天井を見上げた。ベッドへ行ったほうがいいのはわかっていたが、落ち着いて眠ることなどできそうにない。いつ森から連絡が来てもいいように、電話のすぐ近くにいたかった。

（……どうしてこんなことになっちゃったんだろう。天本さんも小一郎も、いったいどこで何してるんだろう）

二人のことが心配で、どうしても溜《た》め息《いき》が出てしまう。

「出掛けても、帰る家があって、そこには待っててくれる人がいて……。いつからそれが当たり前になってたんだろ。そんなふうに思っちゃってたバチが当たったのかな……。あ、駄目だそんなこと考えちゃ。あの平安《へいあん》時代に飛ばされたときみたいなことは、そうそう起こらないんだから。そう、絶対二度も三度も起こらないんだから」

ブルブルと首を振り、毛布に鼻を埋《うず》めてギュッと目をつぶる。少しも眠くはなかったが、せめて身体《からだ》だけでも休めておかなくては、いざというとき動けない。術者として幾多の事件を経験するうちに、敏生はそれを教訓として胸に刻んでいた。

「眠らなきゃ。……朝にならなきゃ何もできないんだから、眠らなきゃ」

自分にそう言い聞かせながら、敏生は灯《あか》りを消さないまま、何とか眠ろうと努力していた……。

＊

＊

森は、激しい雨の中にいた。

周囲はどこまでも鬱蒼《うっそう》とした森で、道などどこを捜してもない。ただひたすら、足元に絡《から》みつく灌木《かんぼく》や草や蔓《つる》を掻《か》き分《わ》けて進んでも、風景は少しも変わらなかった。

自分がどこかへ向かっているのか、あるいは同じ場所をさっきからずっとグルグル回っているのか、それすらもわからない。

（いったいどうしてこんなところに……。いつから俺はこうして歩いている……？）

見上げる空は濃い灰色で、昼か夜かの区別さえつかない。頭上には太陽も月も星もなく、ただ大粒の雨が叩《たた》きつけるように降り注ぐばかりだ。ごく弱い光は高くそびえる木々の梢《こずえ》に遮られ、視界はほとんど闇《やみ》に近いモノクロームである。

「ここはどこだ……」

さっきから何度繰り返したか知れない呟《つぶや》きが、血の気の失《う》せた唇から漏れた。雨を吸い込んだ服はずっしりと重く、一足ごとに、靴から水が噴き出す。決して寒くはないが、歩くのをやめた途端に、おそらく濡《ぬ》れた身体《からだ》は芯《しん》まで凍えてしまうだろう。

（確か俺は、あそこで……）

早川が半ば無理やり置いていったそれを触っていた。それが何故《なぜ》、気が付いたらこんな得体の知れない場所で、現在地も目指すべき場所もわからないまま歩き続けているのか。

そもそも、もう何時間こうしているのか……。

森は立ち止まり、腕時計に視線を落とした。もう何度もそうしてみたのだが、針はずっと午後九時十三分を指したまま、一ミリたりとも動いていない。

「何だってこんなときに時計が壊れているんだ」

そんな悪態をつくのも、もう何度目だろう。だが、もうかなりの時間こうしていることは確かで、全身が確実に疲労してきている。足は棒のようで、機械的に土を踏みしめるつま先は、痺《しび》れてほとんど感覚がなかった。インフルエンザの名残《なごり》で咳《せ》き込《こ》むたびに、喉《のど》から は金臭い息が上がってくる。

「今頃、敏生は……どうしているだろうな」

もう彼は帰宅して、森の不在を知っただろうか。おそらくは心配して、不安がっているだろう。自分を捜し回っているかもしれない。そう思うと、胸が痛んだ。

（せめて少しなりとも事情を話しておけば、手がかりを得られたかもしれなかったのにな）

今さらながらに、昨夜《ゆうべ》の電話で敏生に何も告げなかったことが悔やまれる。だが、後悔先に立たずとはよく言ったものである。今となっては、自宅に戻り、敏生に会う手段すら思いつけない状態なのだ。

「くそ、いったいどうすれば……！　どこへ行けばいい」

再び熱が上がってきたのか、それとも苛立《いらだ》ちのせいか、顔が火照《ほて》るような感じがした。

「………敏生……」

絶望的な勢いで、雨は頭上から叩《たた》きつけてくる。それが唯一身を守る御守りであるかのように、森は愛する者の名を無意識に呼んでいた……。

＊　　＊

翌朝、結局一睡もできないまま、敏生はハッと目を開いた。壁に掛かった鳩時計《はとどけい》が、八回鳴いて引っ込む。外はもうすっかり明るいが、室内は凍えるほど寒かった。

(何か今……天本さんに呼ばれたと思ったんだけど。気のせいか)

身を起こして周囲を見回したが、やはり室内には彼ひとりしかいない。遠いところから森の自分を呼ぶ声が微《かす》かに聞こえたように感じたのだが、どうやら夢か、あるいは気のせいだったらしい。

「うう……あいたたた」

軟らかいソファーの上にじっと横たわっていたので、起き上がると身体《からだ》の節々が痛んだ。伸びをすると、油の切れた機械のようにあちこちの関節が軋《きし》む。敏生はのそりと立ち上がり、空気の入れ換えをすべく歩き出した。

シャワーで身体を温めてから、台所へ向かう。トーストにバターとジャムを塗り、コーヒーを淹《い》れて、できるだけゆっくりと朝食を摂《と》った。とにかく十時に営業所が開店するまで、早川と連絡を取る手段はない。何かして時間を潰《つぶ》していないと、不安でどうしようもなかった。

しかし、たかが朝食に一時間も二時間もかかるはずがない。どんなにゆっくり食べ、後片づけをしても、時計はようやく九時を少し過ぎたところだった。

(毎朝……僕が起きたら小一郎も台所に来て、二人で喋《しゃべ》りながら朝ご飯食べて、そのうち天本さんが起きてきて……)

呻《うめ》き声《ごえ》をおはようの挨拶《あいさつ》に代える森の不機嫌な起き抜けの姿が、ふと目の前をよぎったような気がした。反射的に込み上げた涙を、気合いでぐっと引き戻す。

「泣いてる場合じゃないってば。しっかりしろよな」

自分を叱《しか》りつけ、居間に戻る。さて、これから小一時間をどうやって過ごそうかと思っていると、不意にインターホンが鳴り響いた。

「あ!!」

敏生は弾《はじ》かれたように居間を飛び出し、玄関に走った。裸足《はだし》のまま土間に下り、震える手でノブを回す。

「天本さんッ⁉」

だが、勢い込んで扉を開けた敏生の目に映ったのは、求めていた森の姿ではなかった。そこには、困惑しきりの顔をした龍村が立っていたのである。彼は、カーキ色のジャケットに紫色の派手《はで》なセーター、それにジーンズという珍しくカジュアルな服装だった。どうやら、出張で来たわけではなさそうだ。

「た……龍村……先生……⁉」

「おう、琴平君。無事だったか！　よかった。心配したんだぞ」

ポカンとして立ち尽くす敏生に、龍村はそう言いながらみずから門扉《もんぴ》を開けて玄関に入ってきた。自分を見上げたまま口もきけない敏生の肩を、グローブのような大きな手でポンと叩《たた》く。

「何があったか知らんが、とにかく家に入って話をしよう。そんな薄着で、いつまでも外にいるもんじゃない」

「…………」

龍村に背中を抱かれるようにして、敏生は居間に戻った。龍村はジャケットを脱いでソファーにかけ、敏生にこう言った。

「朝いちばんの新幹線に乗ったから、朝飯がまだなんだ。……何かあるかな」

「あ、はいっ。……トーストとコーヒーだけですけど……」

「上等だ。頼むよ」

ともかくも当座の仕事を与えられて気が落ち着いたのか、敏生はいそいそと台所へ入っていく。龍村は暖炉に燃えている小さな火が消えないよう薪《たきぎ》を足しながら、耳をそばだてた。

彼には小一郎の気配はわからないが、家の中で敏生がたてる音以外の音が聞こえてこないことを確かめ、角張った顔を引きしめる。そして、大股《おおまた》で台所に入った。

敏生は湯を沸かし、新しくコーヒーを淹《い》れ直《なお》していた。トースターには、既に食パンが差し込まれている。

「お、さすがに手早いな」

「朝は、天本さん寝てるか寝ぼけてるかですから、朝ご飯の支度はいつも僕の仕事なんです」

敏生はそう言って、複雑な表情で龍村の四角い顔を見上げた。

「あの、龍村先生、どうして……」

「どうしてもこうしてもない。あんな電話をかけてこられて、しかも途中で切られて、僕が平気で無視できると思うかい？　おまけに、あれから何度電話をかけ直しても、君は出てこないし。一晩じゅう気が気じゃなかった」

「……あ……」

「僕は見た目から思われるほど鈍感じゃないぜ。君があんな質問をするってことは、天本に何か……医学で何とかできる以外のことで何か起こったんだろうと推測するのが妥当だろ？　まあ、僕が駆けつけても物の役にも立たないだろうが、『枯れ木も山の賑《にぎ》わい』というからな。天本に何があったにせよ、君が無事なのを確かめれば、僕自身が安心する。それで、来てみたというわけだ」

ポン！　とこんがり焼けた食パンが飛び上がる。敏生はそれに丹念にバターを塗りながら、すみません、と龍村に頭を下げた。

「心配させてしまってごめんなさい。……龍村先生に迷惑かけちゃ駄目だって思って……。あの、お仕事……」

「昨夜《ゆうべ》飲みに行ったのは、今日が休みだからだよ。気にしなくていい。……とにかく、君が無事なのを見て安心したが、どうやら天本がいないようだな」

「あ……ええ、そうなんです。はい、トーストどうぞ。コーヒーも今注《つ》ぎますから」

「ああ、ありがとう」

龍村は、台所で立ったまま、トーストに大口で齧《かじ》りついた。もぐもぐと咀嚼《そしゃく》しながら、敏生の顔をじっと窺《うかが》い見《み》る。

「顔色がよくないな。目も赤い。……昨夜、眠れなかったのかい？」

敏生はこくりと頷《うなず》く。それでもまだ話すことを躊躇《ちゅうちょ》しているらしい敏生に、龍村は重ねて言った。

「僕では話しても仕方ないと思うかもしれんが、とにかく聞かせてくれないか？　君が沈んでいると、どうも気になって仕方がないよ。天本に何があった？」

「天本さんに何があったか知りたいのは、僕のほうです。……ううん、天本さんだけじゃなくて、小一郎も、いったいどうしちゃったのか」

敏生は流しに軽くもたれ、龍村に昨夜《ゆうべ》までのことを話して聞かせた。もぐもぐとトーストを平らげ、熱いブラックコーヒーを啜《すす》りながらそれを聞いていた龍村は、敏生が話し終えると、ううむ、と唸《うな》った。

「なるほど。そんなことになっていたのか……。いや、一昨日《おととい》の夜話したときは、あいつ、結構元気になってたから、僕は安心したんだがな」

「お客さんのことは？　昨夜お聞きした以上のこと、何か……」

「ううむ」

龍村は手についたパンくずを皿に落としながらかぶりを振った。

「今、君の話を聞きながら天本との会話をプレイバックしてみたんだが、回復した途端にやってくるタイミング抜群の嫌味な客が来る……という昨日のコメント以外に、大したことは聞かなかったんだ。早川さんだとピンときたから、琴平君の目を盗んで仕事か、とカマを掛けてみたんだが、具体的なことは天本もまだ聞かされていなかったようだぞ。会うことを断るより、会って話を聞くだけ聞いて断るほうが楽なんだと、そんな言い訳をしていた」

「……となると、やっぱり頼りは早川さんだけかあ……」

「役に立てなくて悪いが、そのようだな。……と、琴平君。もう十時だ。電話をかけてみちゃどうだい？」

「あっ、ホントだ！」

シュンとしかかっていた敏生は、電話の前へ飛んでいく。龍村も、まだコーヒーの残ったマグカップ片手に後を追った。

早川の勤務する営業所は、比較的時間にきっちりしているらしい。敏生が電話したのは十時一分だったが、きちんとオペレーターが出てきた。

「あ、あのっ……！　こ、琴平と申しますが……」

留守番電話以外の応答を期待していた敏生だが、いざ本当に相手が出てくると、何をどう言えばいいのかわからなくなって焦《あせ》る。しかしとりあえず、買った自動車のことで質問があるからと、敏生は早川に繋《つな》いでくれるよう頼んでみた。しかし、オペレーターはすまなそうにこう言った。

『お客様、申し訳ありません。早川は本日札幌《さっぽろ》へ出張しておりまして、帰りは明後日になります』

「えええッ？」

「ど、どうした琴平君」

受話器から顔を離して、敏生は狼狽《うろた》えた顔で龍村を見る。

「早川さん、今日……っていうかたぶん昨日の夜から札幌出張なんですって。明後日《あさって》まで帰ってこないって」

「むむ。そりゃ参ったな」

「ど、どうしよう……」

「とりあえず貸してごらん」

龍村は受話器を取ると、歯切れのいい口調で相手にこう告げた。

自分は琴平君の友人で、彼の自動車が非常に気に入ったので、同じものを買いたいと思う。だが、車種決定を資金繰りの都合で明日までにしたいので、できれば今日、早川氏に連絡を取りたい。琴平君が非常に早川さんに親切にしてもらったと聞いているので、他のディーラーではなく、早川氏と商談を進めたいのだが、何とか彼と連絡を取る方法はないものか、と。

龍村はごくさりげなく、自分が医師であることもほのめかした。医者と聞くと、自動車や住宅の販売関係者はたいてい愛想《あいそ》が良くなるものなのだ。よほどその業界の人間に、お得意さんが多いのだろう。

最初は明後日《あさって》まで待ての一点張りだったそのオペレーターもご多分に漏れず、龍村の職業を聞いて愛想のグレードを跳ね上げた。そして上司と相談した結果、早川の携帯電話の番号を教えてくれた。

その番号を素早く紙に書き留め、龍村は紙片をピラピラさせて、敏生にニヤリと笑ってみせる。受話器に顔を寄せるようにして二人のやりとりを聞いていた敏生も、嬉《うれ》しそうに両手でガッツポーズを作ってみせた。

そこで二人は、引き続きさっそく早川の携帯に電話してみた。幸い、すぐに早川の落ち着き払った声が聞こえる。

『もしもし、早川です。……天本様ですか？　如何《いかが》なさいました？』

どうやら早川の携帯電話には、天本家の自宅番号が登録されているらしい。敏生が喋《しゃべ》るより先に、早川はそう問いかけてきた。敏生は、聞き慣れた早川の声に少しホッとしつつ、口を開いた。

「早川さん？　お仕事中すみません、琴平です。……あのう、お店のほうで、ケータイの番号訊《き》き出《だ》しちゃったんです」

早川の声は、相手が敏生だとわかっても、丁寧さを少しも失わなかった。

『琴平様ですか、失礼いたしました。昨日はお会いできず残念でした。しかし本日はまた何故《なぜ》……』

敏生はすぐさま本題に入った。

「あの、早川さん、昨日天本さんに会ったんですよね？　お仕事の話……だったんですよね？」

『はあ。確かにお目にかかりました。……新しい依頼の内容をお話しし、お受けいただこうと思ったのですが、天本様からは返事は琴平様がお帰りになるまで保留にするというお答えで。では、改めて出張から戻りましてから、北海道《ほっかいどう》のお土産《みやげ》などお届けがてら、お返事を伺うということになっておりました』

「どんな話だったんですか？　教えてくれませんか？」

敏生のただならぬ雰囲気が伝わったのだろう、早川の声が、少し低くなった。

『それは……天本様のほうからお聞きになられたのでは？　何か、ご不明の点でも……』

「違うんです、聞けてない……っていうか、天本さんに会えてないんです。天本さん、昨日の夜から行方不明なんです。小一郎もいないいんです」

『行方不明⁉』

さすがの早川も、それは予想外のことだったらしい。上ずった声で問い返してきた。

『行方不明とは、いったいどうしたことで……』

「わかんないんです。もしかしたら、早川さんからの依頼を受けて、仕事にかかったせいで何か事故があったんじゃ……って思ってたんだけど、話だけならそうじゃないだろうし……。でも、天本さんがいないのは事実で、僕……あの、龍村先生もここに一緒にいるんですけど、天本さんを捜したいんです。そのためには、どんな手がかりだっていいんです。だから……」

『御用向きはわかりました。……ああ、しかし困りましたね』

珍しく、早川は困り果てた口調で言った。

『実はわたし、札幌におりまして。今も所用の途中で出て参りましたので、仕事相手を待たせておりまして……あまり長くお話ししているわけにはいかないのですよ。今日も明日も、朝から夕方まで手が離せない状況でして……。ああしかし、何とかして……いや、どうにもはや……』

「行きます!」

早川が考えをまとめる前に、敏生はきっぱりとそう言った。目で、聞き耳を立てていた龍村にも了解を取る。

『は?』

「今から家を出て、すぐ札幌まで行きます。せめて空港まで来てもらえませんか? そこで話を……」

龍村も、受話器を敏生の手から奪い取るようにして言葉を添える。

「僕も行きます。お仕事中、ご迷惑とは思いますが、エージェントとして術者の管理をするのもまた、あなたの仕事でしょう。お時間を割いていただけませんか」

仕事のやりくりを考えていたのか、早川はしばし沈黙し、そして早口に答えた。

『わかりました。ご足労をおかけしますが、到着される時刻がわかりましたら、再度ご連絡いただけますでしょうか。必ず新千歳《しんちとせ》空港まで参ります』

「お願いします!」

龍村と異口同音にそう言って、敏生は受話器を戻した。

「龍村先生、一緒に来てもらっていいんですか？　でも……」

「まだ仕事を受けたわけじゃなかったんだろ？　早川さんの話が唯一の手がかりになる可能性と同じだけ、無関係な可能性もある」

龍村は真面目《まじめ》な顔でそう言った。敏生は不安に大きな瞳《ひとみ》を揺らめかせる。そんな敏生の頭をポンポンと叩《たた》き、龍村は大きな口を引き伸ばすようにして笑った。

「よく言うだろう、『三人寄れば文殊《もんじゅ》の知恵』と。二人では文殊様には到達できないかもしれんが、ひとりで考えるよりはまだましだと思うからな。僕も連れていけよ。どんな話を聞かされる羽目になっても、それをベースに考えを発展させていくには、頭数が多いほうがいい。ついでに言えば、天本は僕の友達でもあるんだぜ？　そして、奴《やつ》とのつきあいは、僕のほうが君より長い」

「……そっか。そうですよね」

敏生もようやく、幼い顔に小さな笑みを浮かべた。龍村は、さて、と気障《きざ》なアクションで指を鳴らした。

「よし。そうと決まれば、善は急げだ。すぐに支度をしたまえ。残念だが今回は日帰りだ。ジャケットだけ持ったら、出掛けるぞ！」

いつになったら、この雨は止《や》むのだろうか。

とうとう、森は足を止めた。両手でずぶ濡《ぬ》れの髪を撫《な》でつけ、梢《こずえ》の合間からわずかに見える空を仰ぐ。空はいつ見てもアクリル絵の具で塗った灰色のようで、時間の感覚は完全に失われている。

＊　　＊

「……くそっ……。どうしろというんだ、俺に」

森は苛立《いらだ》ち半分、失望半分の呟《つぶや》きを漏らし、項垂《うなだ》れた。歩き続けていれば、あるいはどこかに辿《たど》り着《つ》くだろうと信じてきた。だが、こうも風景が変わらず、どこにも行き着かず、誰にも会わず……動物や虫一匹すら見掛けないこの異常な状況下では、その気力もいつまでも続きはしない。雨の音と自分の足音、そして自分の呼吸音だけを、もう何時間聞き続けてきただろう。

（まるで……命あるものが、ここには俺ひとりしかいないようだ。……だが、森はどこまでも広がり……雨は降り続き……）

魔の森、という言葉が森の頭をよぎった。入り込んだ旅人が道に迷い、二度と出られなくなるという呪《のろ》われた森の伝説は、世界中に数えきれないほどある。これもそうした場所なのかもしれないと、森は次第に思い始めていた。

（もしそうなら……これが、魔に……妖《あやか》しの力に支配された場所なら、俺がどれだけ歩いても、体力を消耗するだけかもしれない。……だが、何故《なぜ》俺が、唐突に自宅からそんな場所へ迷い込まなくてはならないんだ）

ずっと同じ場所で同じ瞬間を過ごしているような焦燥感と疲労で、頭が上手《うま》く動かない。いっそこのままこの場所に座り込んでしまおうかと、半ばやけっぱちな気持ちになったとき、森の視界の端を動くものがよぎった。

森はハッとして身構える。よく見えないが、何か大きなものがこちらへゆっくりと向かってくる様子だ。搔《か》き分《わ》けられる草や枝の擦《こす》れる音が、バサバサと重く聞こえる。

それが敵か味方か、あるいは人か魔かわからないものの、「自分以外の何か」がそこに存在することだけで、森はある意味安堵感《あんどかん》を覚えていた。とはいえ、それが自分に害を為《な》すものである可能性は十分にある。森の鋭い瞳《ひとみ》は、近づいてくるものの正体を一秒でも早く見極めようと、暗がりを必死で透かしていた。

ところが「それ」は、森から十メートルほどのところで動きを止めた。いよいよ飛びかかってくるのかと、森も息すら止めてじっと相手の様子を窺《うかが》う。

……と。

森の耳に、聞き覚えのある声が微《かす》かに届いた。驚きに、森のシャープな頰《ほお》が、ピクリと

た。
「誰だッ！」
雨音に消されてほとんど聞こえなかったその声の主に向かって、森は鋭い声で誰何《すいか》し
た。
ザアアアアアアアアアアア……。
まるでテレビの放送終了後の砂嵐《すなあらし》のように、激しい音をたてて雨が地面や草の葉を叩《たた》
く。その音に紛れながらも、しかし今度ははっきりした声が聞こえる。それは……。
「……主殿《あるじどの》？」
「小一郎ッ！」
相手の正体がわかった瞬間、森は葉や枝で手を切ることも構わず、茂みを両手で掻《か》き分《わ》
け、走り出していた。相手も……ヘビ柄のシャツと黒いレザーパンツという服装をした森
の忠実な式神《しきがみ》小一郎も、まろぶように森のもとへ走る。
「主殿……よく、よくぞご無事で」
「お前こそ。まさかお前までここにいるとは思わなかった……」
森は珍しく小一郎にあからさまな笑顔を向けたが、すぐ自分の無防備さに気づき、表情
を引きしめた。
「ここはどこだ。俺は、いやお前まで、いったいどうやってここに飛ばされた」

「……わかりませぬ」

森と同じように濡《ぬ》れそぼった式神《しきがみ》は、主人の無事な姿に再び見《まみ》えることができた喜びを野性的な顔に漲《みなぎ》らせつつも、当惑の体《てい》で周囲を見回した。

「小一郎も主殿《あるじどの》を捜し求め、ただ果てしない森の中を彷徨《さまよ》うておりました。ですが、ここは常ならぬ世界のようです」

「ああ、俺もそう思っていた。……だが、俺はともかく、お前まで歩き回っていたのか。飛べないのか？」

訝《いぶか》しげに問われ、小一郎はいよいよ困り果てた顔で、申し訳ありませぬ、と頭《こうべ》を垂れた。

「幾度も試みましたが、どうも……いつものように動くことができませぬ」

「……というと？」

「姿を変えることがかなわぬのです。あのとき、主殿の仰《おお》せで控えておりましたときの、この人型のまま……妖《あやか》しとしての力も、ほとんど消えておるようなのです」

「何だって……？」

意外すぎる言葉に、森は目を剝《む》く。

「まるで人間のように無様に歩き回り、主殿の御名《みな》を呼んで捜すことしかできず……いや、人間と申しましても、主殿を悪く言うておるわけでは決して……」

「わかっている。とにかく、お前の力がここでは何らかの手段で封じられて使えないということだな？」

「……は」

「……お前もそうか」

森は深く嘆息した。小一郎はその言葉の意味を推し量ろうとするかのように、びしょ濡《ぬ》れの顔を拭《ぬぐ》うこともせず、森の顔を見つめた。森は、身体《からだ》に貼《は》り付《つ》く濡れた服に閉口しつつ、厳しい表情で小一郎の顔を見返した。

「何度もこの場所を探ろうと気を飛ばしたが、まったく反応がない。……というより、気が飛ばないことに途中から気が付いた。まるで、水が紙に吸い込まれるように、手応《てごた》えなく気が分散し、消滅してしまう感じがする」

「……それは……」

「これまで経験したことがない、不思議な感覚だ。だが、悪意は感じない。感覚が鈍っているせいかもしれないが、俺たちに対する悪意は感じられないんだ。お前はどう思う？」

小一郎はしばらく考え、曖昧《あいまい》に頷《うなず》いた。

「小一郎にはよくわかりませぬ。ただ、かなり長い時間こうして歩いておりましたが、その間、主殿《あるじどの》以外の何者にも出会いませせなんだ。我らを嬲《なぶ》るつもりであれば、かくも長き時間、何もせず放置しておくとは思われませせぬ」

「俺たちに害を与えようとしているなら、もっと積極的に動くだろうということだな」

「……はい」

「確かにそうだ。……いったいどういうことなんだろう。現世《うつしよ》の中に構築された謎の空間なのか、あるいは異界なのか、それすらわからないな」

　森は豪雨の中で思索に耽《ふけ》ろうとする。小一郎は、茂みが抗議の声をあげるのにも構わず地面に跪《ひざまず》き、そして言った。

「主殿《あるじどの》。小一郎は力がなくとも妖《あやか》しでござりますゆえ、この程度の雨は何でもありませぬ。されど主殿は病より未《いま》だ本復せられぬお身体《からだ》、せめて雨のかからぬところへお連れいたしまする。こちらへ」

「……やれやれ。方向感覚は、俺よりお前のほうが少しはましなようだ」

　さっきまではもう一歩も動きたくないと思っていたが、少し明るさを帯びた声でそう言い、馴染《なじ》みの顔を見たせいか、力が身体に戻ってきた気がする。森は、キッと顔を上げた。体温のない式神《しきがみ》の肩に、その存在を確かめるように手を置く。

「行こう。お前が一緒なら心強い」

「……過分のお言葉、かたじけのうございます」

　うっそりと頭を下げてから、小一郎は森のために道を開きつつ、先に立って歩き出した……。

＊　　＊

敏生と龍村が新千歳空港に降り立ったのは、同日午後三時前だった。やや小型の飛行機は、降りしきる雪の中、何とか無事に空港に滑り込み、二人は純白の雪景色に驚きの声をあげつつ到着ロビーへと向かった。

平日の昼間だというのに、ロビーは観光客でごった返している。

「凄《すご》く混《こ》んでますねえ。やっぱり北海道は冬！　って感じ」

敏生は、はぐれないよう龍村のジャケットの裾《すそ》を軽く摑《つか》んで歩きながら、キョロキョロした。龍村も、笑って答える。

「だな。スキーに蟹《かに》にジンギスカンに温泉……雪祭りももうすぐじゃないか？」

「ああ、ホントですね。そんな時季なんだ。ああ、こんなに混んでるんだったら、待ち合わせ他の場所にするんでしたね」

「まったくだ。……早川さんのことだから、早めに来ていそうな気がするんだがな」

龍村は長身を活《い》かし、敏生の肩を借りて背伸びをした。人混みからわずかに頭を突き出させ、潜水艦の潜望鏡のように首を巡らせる。

やがてその仁王《におう》の目が、薄いグレイの上品なスーツに目を留めた。ベージュ色のトレンチコートを腕に掛け、アタッシュケースを提げたその姿は、遠目にも間違いなく、早川知《ち》足《たる》である。

「あっちだ。おいで、琴平君。手を引いてやりたいが、そんなことをしたのがばれたら、あとで天本に呪《のろ》われるからな。そのまま、服の裾《すそ》を放さずについてきたまえ」

「はいっ」

敏生はツルツル滑るナイロン生地のジャンパーを放すまいと、指先に力を入れた。そして、いきなり大股《おおまた》で歩き出した龍村に合わせ、小走りに広いロビーを移動した。

早川は、やや人が少ない場所でいつものようにぽつりと立っていた。近づいてくる珍妙な二人連れを認めると、適切な角度で頭を下げる。

「早川さん！」

敏生は龍村から手を離し、早川の前に駆けていった。その姿を、早川は薄い微笑で迎える。

「ご無事でご到着なさったようですね。まずはようございました。龍村様にも、とんだご足労をおかけして申し訳ありません」

「いやいや、こちらこそ無理を言って申し訳なかったですよ。ところで……」

「天本さんのこと……」

口々に言いかける二人を柔らかな視線で制止し、早川はこう言った。

「ここは少々騒がしゅうございます。場所を変えましょう。お二人とも、昼食はおすませですか？」

龍村と敏生は顔を見合わせた。龍村が、少々決まり悪そうに答える。

「いや、そんな余裕はなかったもんで。ですが……」

「でしたら、わたしがお話ししているあいだに、何か召し上がってください。……どこか、レストランにでも入りましょう」

早川が二人を連れていったのは、ターミナルビル三階にある天ぷら屋だった。ちょうど中途半端《ちゅうとはんぱ》な時刻なので、店内はそれほど混《こ》んでいない。三人はテーブル席に案内された。早川は、相も変わらぬ柔和な表情で、落ち着かない様子の敏生の前にメニューを広げた。

「どんな非常事態でも、食べられるときに食べておくのが術者の心得です。さあ、琴平様」

「……はい。えっと……腹が減っては戦はできぬ、でしたよね」

「はい、そうですとも」

自分を労《いたわ》り、励ますように温かく接してくれる早川に、敏生は森のことを案じて逸《はや》ってばかりいた心が少し落ち着いてくるのを感じた。

(早川さんが、いちばん大変なのに……。お仕事やりくりして来てくれてるから、ホント

は凄《すご》く忙しいはずなのに）

「……すいません。じゃあ、僕、これ。龍村先生は？」

「そうだな。僕は天ぷらと刺身定食を頼んで、刺身を肴《さかな》にビールってところだな」

龍村もそう言って、敏生にウインクしてみせた。

三人それぞれに注文をすませ、店員がお茶を置いて去ると、龍村と敏生はさっそく早川のほうへ身を乗り出した。

「それで早川さん、天本さんといったいどんな話を？　依頼って、どんな事件だったんですか？　電話じゃ伝わらないこともあるだろうと思って、直接会って聞きたかったんです。教えてください」

「それが……」

早川は、隣の席に置いてあったアタッシュケースを開き、中から三枚の写真を出して二人の前に置いた。龍村と敏生は、頭をくっつけ合って、一列に並べられた写真に見入る。

三枚は、すべてカラー写真だった。一枚目は、こぢんまりした、しかしまだ新しそうな宿の写真だった。三階建ての鶯色《うぐいすいろ》に塗装された鉄筋のビルで、あまり高級そうには見えなかった。

二枚目は、部屋の写真だった。和室で、かなり広いらしい。中央には座卓があり、座布《ざぶ》団《とん》が置いてある。その向こうに、小さな床の間があって、掛け軸が掛けられ、ちょっとした花が生けてあった。

「ふむ……。これが『現場』ってわけですか？　……むむ、これは？」

「何だろう……あいたッ」

同時に、しかも反対側にそれぞれが首を傾《かし》げた結果、ゴチン！　と何とも鈍い音がして、龍村と敏生の頭が激突する。

「いたた。意外に石頭だな、琴平君」

そんな軽口を叩《たた》き、龍村は頭のぶつけたあたりをさすりながら三枚目の写真に見入った。敏生も、不思議そうに早川を見た。

早川は、敏生をじっと見て問いかけた。

「これが、わたしが昨夜《ゆうべ》、天本様にお預けしていったものです。どこかでご覧になりませんでしたか？」

敏生はしばらく写真を見つめ、そして首を横に振った。

「いいえ、居間にも僕の部屋にも、天本さんの部屋にも、こんなものは……なかったように思います」

「さようでございますか……」

早川は少し考え、そして言った。

「これが何か、お二人はご存じですか？」

龍村と敏生はまた顔を見合わせ、そして同時にかぶりを振る。敏生は、鳶色《とびいろ》の目を大きく見開いたまま、写真と早川を見比べて訊《たず》ねた。

「全然知りません。これ……何ですか？　何かの飾り？」

三枚目の写真に大写しにされているのは、床の上に置かれた細長い板きれのようなものだった。赤っぽい色に塗装され、少し中央が盛り上がったその板には、細かな彫刻が施されている。光の加減であまりはっきりとは見えないが、菊の花らしいものと鶏《にわとり》らしきものがかろうじて判別できる。

ただの板のようにも見えるが、一方の端には小さな穴が空いており、もう一方の端にはそれより一回り大きな穴がある。そのいずれも、用途はさっぱりわからない。

早川は、静かに言った。

「天本様は、それが何かご存じでした。それは……琴です」

「お琴？　これが……？」

意外そうな二人に、早川も曖昧《あいまい》に頷《うなず》いた。

「はい。わたしもこのようなものは初めて見ましたが、我々が知っているたくさんの弦を張る琴ではなく、たった一本の弦を張って奏《かな》でる、一弦琴《いちげんきん》と呼ばれるものだそうです」

敏生は写真をもう一度見て、そしてああ、と頷いた。

「ベトナムで、そんなお琴を見たことがあります。日本にも、同じタイプの楽器があったんですね」

「おや、ご存じでしたか。それでは、順を追ってお話しいたしましょう……」

早川は両手の指をテーブルの上で緩く組み合わせ、記憶をひとかけ残らず思い出そうとするようにゆっくり話し始めた……。

三章　鍵《かぎ》のない場所へ

「最初に言っておくが、今日は話を聞くだけだ。返事は明後日《あさって》以降になるから、急ぎなら他を当たれよ」

それが、昨日の夕方、早川《はやかわ》を玄関で迎えた森《しん》の第一声だった。早川は、そんな冷淡な言葉にも少しも動じず、にこやかに一礼した。

「いえ、急ぎではございません。天本《あまもと》様のお見舞いがてら、一件依頼を……と申しますよりご相談申し上げたいことがあるだけですので」

「ならいいが。とにかく上がれ。寒かっただろう」

「は、かなり冷え込みが激しゅうございますね。お風邪《かぜ》のほうは如何《いかが》です？」

「『鬼の霍乱《かくらん》』だけに、治るのも早いようだ。敏生《としき》がうるさいから、明日までは仕方なく寝ていようと思うが」

「それがよろしゅうございますよ。治りかけで無理をなさるのが、いちばんよくないと聞いたことがございます」

「そういうわりに、誰かさんは治りかけたと思ったらさっそく押しかけてきたな」

「恐縮です。わたしが帰りましたらすぐに、ベッドへお戻りください」

「言われなくてもそうするさ」

含みの多い会話を続けつつ、二人は居間へ来た。早川は森に駅前で買ってきた生菓子を手渡し、森は用意していた紅茶のセットを片づけて緑茶を淹《い》れた。

「お持たせで悪いが、寝込んでいたせいで、ほかに出すものがないんだ」

「いえ、わざわざ申し訳ありません」

二人はしばらく無言で早川の持ってきた生菓子を食べ、お茶を飲んだ。やがて森は、早川の傍《かたわ》らに置かれた細長い風呂敷包《ふろしきづつ》みに目を留めた。

「それは？」

「実は、これが依頼にまつわる品物でございまして」

早川は湯呑《ゆの》みを茶托《ちゃたく》に戻すと、その風呂敷包みを丁寧に両手で持ち上げ、ローテーブルに置いた。ゆっくりと結び目を解く。大判の風呂敷の中から出てきたのは、軽く湾曲した……大きな筒を一部切り取ったような板きれだった。

「……これは？」

森は形のいい眉《まゆ》を顰《ひそ》める。早川は、それを森のほうへ押しやった。

「どうぞ、お手に取ってご覧ください」

いた。

森は、風呂敷《ふろしき》ごと板きれを引き寄せ、しげしげと眺めた。間近で見ると、それは恐ろしく太い竹を割って作ったものだった。裏を返すと節を削った痕《あと》が残っていることから、それと知れる。裏面は黒、表は赤っぽい塗料が塗られ、よく磨かれたのか、綺麗《きれい》な艶《つや》が出ていた。

「……ああ」

「見事な彫刻だな」

「はい。わたしはこうした美術品に関しては門外漢でよくわからないのですが、竹にここまで細かい彫刻を施すのは難しいのだそうですよ」

「だろうな。俺にも詳しいことはわからないが、見事な細工だと思う」

森はそう言って、板きれを膝《ひざ》の上に置いた。竹の表面の大部分には、これでもかというほど繊細な彫刻が施されていた。メインになっているのは、中央やや下に位置する二羽の鶏《にわとり》だった。どうやらつがいらしい。羽根の一枚一枚を丹念に刻み込んであり、特に雄鳥《おんどり》の尾羽《おばね》は長く上方へ伸びている。

そんな二羽の鶏を囲むように彫刻されているのは、たくさんの小菊である。その合間、おそらくは空を意味する場所には、数羽の雀《すずめ》が、こちらはややシンプルに刻まれていた。遥《はる》か遠くの空を飛んでいるという設定なのだろう。

それだけ見れば、どこかの邸宅に内装品として取り付けられていたものの一部ではないかと推測したくなるような品であるが、しかしそうではないらしいのは、その板の長軸方向の両端部分に特徴的な細工があることからわかった。

鶏《にわとり》のいるほうの端には、ごく小さな穴が空けられ、その近くに擦り切れた古い布切れ……おそらくは唐織《からおり》の豪奢《ごうしゃ》なものだったのであろう……が貼《は》り付《つ》けられている。もう一方の雀《すずめ》がいるほうの端には、反対側よりはうんと大きな……直径一センチほどの穴が空けられ、ぐるりには金属を嵌《は》め込《こ》んで補強してあった。

「これは……」

森は首を傾《かし》げて早川を見る。そのとき、電話が鳴った。森は板きれをテーブルに戻し、席を立つ。何やら早口に話していたが、その内容は早川には聞き取れなかった。

やがて席に戻ってきた森は、わずかに決まり悪そうな顔をしていたが、話を中断した詫《わ》びを言い、再び板きれを取り上げた。話はともかく、品物には惹《ひ》かれるものがあるらしい。

「では、最初からお話しさせていただきます。今回の依頼主は、関西《かんさい》のとある場所で新しく旅館を開業したばかりの男性です。これが、その宿で。こちらが、客室です」

早川は、さっきまで琴があったところに二枚の写真を置く。森は仕方なく膝《ひざ》に板きれをのせたまま、上体を少し前屈《まえかが》みにして写真に見入った。

名のある建築家の手によるわけではないことが一目でわかる、殺風景な鶯《うぐいす》色《いろ》の三階建てのビル。それに、綺麗《きれい》ではあるがごく控えめに言っても安普請《やすぶしん》な部屋のしつらえである。森は、興味を失ったように再び背もたれに背中を預けた。

「あまり魅力的な宿ではないようだな。……で？　宿とこの妙な品物に、何の関係が？」

早川は、淡々と説明を始める。

「まあまあ。若い夫婦が、乏しい資金で夢を抱《いだ》いて始めたお宿のようですから、確かに洗練された感じはまだないかもしれませんね。とにかくこの宿の主人は開業にあたり、流行《はやり》の和の雰囲気を出そうと、部屋に飾るものをあれこれ古道具屋で買い求めたそうです。きちんとした骨董品《こっとうひん》を購入するとなると、その……」

「予算的に無理があったということだな」

「ええ。古道具屋でしたら、それなりに趣のあるものが、安価に売っておりますから。そうして仕入れた道具の一つが、今天本様がお持ちになっている、それです。店の人間も、それが何でどのような経緯で入手し、いつからあるのか、もうすっかり忘れ果ててしまっていたそうです。ですから、他の品物のおまけとして、ただで手に入れたと……ただし、主人も彫刻が綺麗だったから持ち帰っただけで、用途は結局わからずじまいだということでした」

「なるほど。売ったほうも買ったほうも、正体を知らなかったわけか。ふむ、そしてこの写真の部屋の床の間に置かれているのが……」

森は再び室内の写真を仔細《しさい》に眺める。奥のほうに床の間があり、そこに掛け軸と、花と、それらしい台に載せられたこの板きれが飾られていた。

「はい、まさしくこれです。立てかけておいて倒れるといけないので、こうして台に載せて飾ってあったそうです。見栄《みば》えはあまりよくありませんが、かえって民芸調の雰囲気は出ておりますね」

「かもしれんな。それで？」

「ところが、開業して二か月経《た》ち、立地の良さかそこそこ宿泊客が入るようになり、商売が軌道に乗ってきた頃のことです。ある客室……その写真の部屋ですが、そこに宿泊した客から、翌朝決まって奇妙な話を聞くようになったのです」

「奇妙な苦情？　虫でも出るのか？」

「まさか」

森はわざと軽口を叩《たた》き、視線を板きれに落としてしまう。どうやら、早川の話より、膝《ひざ》の上で軽いながらも確かな存在感を主張しているその美しい謎《なぞ》の品物がよほど気に入ったようだ。しかし早川は、そんなことを気にする様子もなくあっさり答えた。

「実は、その部屋に宿泊した客の多くが、『夜中、不思議な音が聞こえた』と言うのだそうです」

「不思議な音？」

「はい。眠っていると、遠くから微《かす》かに、音楽が聞こえると。それも華やかな音楽ではなく、とぎれとぎれの小さな音だそうです。そして、その音に目を覚ますと、枕元《まくらもと》にこの板きれを膝《ひざ》にのせた女がひとり、座っているのだそうです」

「……ずいぶんと古典的だな。女の幽霊とは」

「幽霊というか、夢というか。その女は長い髪を後ろに垂らし、着物姿……そして、目隠しらしきものをしていると」

「目隠し？　それで、何か言うのか？」

「いえ、それが、女は音に合わせて低く歌っていますが、やがてその姿は薄れて消えてしまい、それきり朝まで現れないようです」

森は、板きれを膝にのせたまま、器用に長い足を組んだ。それで、と気のない催促をする。どうやら、早く話を聞き終わり、早川を追い返したい気分になってきたらしい。早川は少し慌てて言った。

「客たちの話が不思議なくらい同じなので、主人夫婦はある夜、その板きれを自分たちの部屋に置いて寝て……そして実際、夫婦揃《そろ》って同じ音を聞き、同じ女を見たのだそうです」

「だがそれは、客たちから話を聞いたせいで、先入観がそうした夢を見させた可能性もあるだろう。客にしても、最近はネットですぐその手の噂《うわさ》は広がる。期待や恐れが見せた幻ということも……」

　ゴホン。早川はわざとらしい咳《せき》をした。森はすべすべした竹の表面を指先で撫《な》でつつ、胡散臭《うさんくさ》そうに早川を見た。

「まさか、お前が試してみたとでも？」

　早川はどこか楽しそうに片手を振った。

「いえいえ、わたしが試しても説得力がないと思いまして、偶然別件でご一緒しました河《かわ》合《い》様にお試しいただきました。……と申しますか、お話しいたしましたら、用事があって自分が依頼を引き受けることはできないが、女性の幻というのは是非見てみたいと……その、かなり自発的というか強引というか……」

「河合さんは、女性なら揺りかごから墓の中まで守備範囲だそうだからな。……で？」

　軽い頭痛に眉間《みけん》を押さえつつ、森は早川を軽く睨《にら》む。早川は、背広の内ポケットからもう一枚、今度はポラロイド写真を出して森に見せた。

「河合様によりますと、どうもその女性は現《うつつ》の世にいるものではないだろうと。……つまり、このように」

　ポラロイド写真には、ごくぼんやりとした女性の姿が映っている。確かに、目隠しらしき白っぽいものが、女の顔の半分ほどを覆っていた。そのせいで、女の顔立ちはよくわからない。河合はさぞ落胆したことだろう。森は小さく呻《うめ》いた。

「はい。河合様のお目に見えたものを、写し出していただきました。どうやら河合様にも、その女性とコンタクトを取ることはできなかったそうです。すぐに消えてしまったと残念がっておられました」

「念写《ねんしゃ》か」

「……だろうな」

森の師匠であり、今でも現役の「表」の術者である河合純也《すみや》は、本人がその都度適当な話をするので正確な時期はわからないが、とにかく生まれてそう長い時間が経《た》たないうちに視力を失った。現実世界では何も見ることができない河合だが、それ以外の場所……つまり、夢の世界や異界においてのみ視力を得ることができる。その能力と、身体《からだ》の中に彼曰《いわ》く「共生」している妖魔《ようま》「たつろう」の働きにより、河合は夢魔を祓《はら》うことを主な仕事にしている。依頼人の夢の世界にスムーズに入るため傍《かたわ》らで共に眠ることから、彼は通称「添い寝屋」と呼ばれているのだ。

「なるほど。河合さんに姿が見えたという事実が、この女が異界の住人であるという何よりの証拠というわけだな。それで？　これが何故《なぜ》、『組織』に持ち込まれた？　それほどのものとは俺には思えないが。音が聞こえ、女の幻が見えて困るだけなら、こいつをよそへやるか店に返すか、あるいは処分してしまえばそれで終わりだろう。それとも、まだ何か厄介なことがあるのか？」

早川は、ずいと膝《ひざ》を進める。

「それがですね、主人夫婦にしてみれば、そんな気持ちの悪い品物を手元に置きたくないというわけで、買った店へ返しに行ったそうです。ところが既に店じまいしており、返品はかなわず……。かといって他人にそんなものを譲るわけにもいかず……」

「処分は？」

「それが、何度捨てても、宿の中に戻ってくるのだそうです。それならばと心を決めて火の中に投げ込んだところ、燃えかすの中から、まったくの無傷でこの板が出てきたとか。まるで、この世から消え去ることを拒否しているように主人は感じたと言っています。あまりの恐ろしさに、知り合いの骨董《こっとう》商《しょう》に相談したところ、話が巡り巡って『組織』に持ち込まれたと、そういうことです」

「……なるほど」

「『組織』にも、古い道具に魂が宿り、妖《あやか》しの一種となったもの……いわゆる付喪神《つくもがみ》の処分を得意とし、本人も骨董商を営んでいる術者がおります。最初は彼に任せたのですが、どうも付喪神でも妖しでもないと。……『まだ人間だから処理できない』と言って突き返してきました」

森はようやく興味をそそられたらしく、背もたれから身体《からだ》を浮かせた。まるでその中にある「何か」を感じ取ろうとするように、骨張った繊細な手は、板きれの表面に施された彫刻の凹凸《おうとつ》をそっとなぞっている。

「まだ、人間……か。それでいて河合さんに見えるということは、死後まだあまり時間が経《た》っていない人の魂がこの板きれに宿ったか、あるいは……神隠し、または何かの理由で『異界』に入った人物に、これは縁の深い品物だったのか……」

「おそらくそのどちらかだとは思いますが、『組織』としても、珍しいタイプの品物でして。その品は、結果的に宿の経営には幾分マイナスになったかもしれませんが、人間に積極的に害を与えるわけではありません。河合様も、その女性から恨みや憎しみといった負の念は感じなかったと仰《おっしゃ》っておられました」

「ああ。今こうして膝《ひざ》にのせていても、これといって何も感じない。なるほど、幻の女の正体が人間である可能性が高い以上、調伏《ちょうぶく》するというわけにもいかないわけだ。厄介な妖《あやか》しには強い『組織』も、こういう品物はかえって持て余すんだな」

「……お恥ずかしながら。かといって、顧客の紹介で持ち込まれた品物ですから、下手な処分はできません。その点、天本様なら『組織』の依頼以外にも、様々な事件を経験なさっておられますし、この件をお任せするのに最適かと存じまして。河合様にもお手伝いいただいたことでもありますし、ここはひとつ……」

「話はわかった。だが返答はやはり敏生が帰ってきてからだ。聞けば、少しも急がない話のようだしな」

いつものように、面倒な仕事を押しつけるモードに入った早川を、森は容赦なく遮った。膝《ひざ》の上からテーブルに板きれを戻し、早川のほうへ押し返そうとして、ふと動きを止める。受け取ろうとしたまま、早川もつられて前のめりで静止した。

「天本様？　如何《いかが》なさいました、腰でも？」

「馬鹿《ばか》、俺は腰痛で苦しむ年じゃない。……この板きれからとぎれとぎれの小さな音が聞こえる、そう言ったんだったな。そして、幻の女は、この板きれを膝にのせていたと」

「はあ、そういうことでございますが」

「わかったぞ。これが何か。……一弦琴《いちげんきん》だ」

「一弦琴？　これが、琴……でございますか？」

早川は、意外な言葉に目を見張る。森は、苦笑いして言った。

「必要な部品が欠けているうえに普通のものよりサイズが小さいから、今まで気が付かなかった。迂闊《うかつ》だったな」

「し、しかしこんな小さな琴があるのですか？」

「ああ。この大きな穴に、転軫《てんじん》と呼ばれる短い棒が本来刺さっているはずなんだ。そこに弦を巻きつけて板の長軸方向に張り、そしてこの小さな穴から反対側に通して、留めておく。布切れを張ってあるあたりに琴柱《ことじ》を置いて、弦を十分浮かせておくんだ。ほら、この布の上に、よく見れば針穴のようなものがあるだろう。ここに細くて小さな釘《くぎ》でも打って、琴柱《ことじ》を留めておいたんだな」

「なるほど！　少しイメージが湧《わ》いてきました。そんな楽器があるとは少しも存じませんでしたよ」

森はどこか懐《なつ》かしそうに、再び板きれ……一弦の琴を膝《ひざ》に置いた。そして、しげしげと全体を見返した。

「古い楽器だ。平安《へいあん》時代、在原行平《ありわらのゆきひら》が須磨《すま》に流されたとき、孤独に耐えかねて何か心を慰めるものを欲した。そこで彼は、渚《なぎさ》に流れ着いた板きれに冠《かんむり》の緒を張って弦とし、岸辺の葦《あし》の茎を切って爪《つめ》にしてつま弾いた。それが始まりらしい。……流れ着いた木片は、卒塔婆《そとうば》だという話さえあるよ」

「それはまた、歴史のある、風流な楽器ですね」

「ああ。風流というか不景気というか、まあ侘《わ》び寂《さ》びはあっても派手さはない楽器だな。江戸《えど》時代にはずいぶん流行《はや》ったらしいが、今は滅多《めった》に見ない。お前が知らないのも無理はないさ」

早川は感心しきりの顔つきで、琴と森を見比べた。

「もちろん天本様は様々なことに博学でいらっしゃいますが、またどうしてこのような楽器にそれほどお詳しくていらっしゃるのですか」

「……死んだ母が、大切にしていた」

森は沈んだ声で簡潔に答えた。早川は、まずいことを訊《き》いたかと、眼鏡《めがね》のフレームに手を掛ける。

「……お母様が……」

「ああ。辛《つら》すぎる現実に耐えかねて心を閉ざした人だっただけに、流刑者《るけいしゃ》の孤独が生み出した楽器の音色が、唯一心に響くものだったのかもしれないな。時折、静かにつま弾いていたのを覚えている」

森は切れ長の目を伏せた。おそらくは、遠い日の母親の姿を思い出しているのだろう。

早川は、探るような口ぶりで言った。

「それでは……その、なおさらお引き受け……」

森はキッと顔を上げる。

「返事は後日、と言ったはずだ。それとこれとは話が別だぞ、早川」

「……さようでございますね、失礼いたしました。ああ、ですが琴平《ことひら》様がお帰りになられるまで、これはこちらにお預けしてよろしゅうございますか」

森は不機嫌な顔で、琴をまた風呂敷《ふろしき》の上に載せた。

「何故《なぜ》だ。依頼を受けてもいないのに、こんなものを押しつけられても困る。だいたい俺は河合さんと違って、幻の女に興味など……」

「いえ、同じ部屋でお休みになりさえしなければ、音は聞こえず女性の幻も見えないようですし。何よりこの美しい細工を琴平様がご覧になったら、さぞお喜びなのではないかと思いまして」

早川は涼しい顔でそんなことを言う。森はぐっと言葉に詰まった。

確かに家に置いておいてもまったく支障がないような品物ではあるし、念のため結界を張った箱にでも入れておけば、それこそ何も起こらないだろう。単なるエージェントの早川が持っているよりは、術者である森が管理したほうが、トラブルが起こったときにも対処の仕様があるのは明らかだ。

そして早川の言うとおり、美術に興味がある敏生にこれを見せれば、喜ぶのは確かだろう。何より森自身が、懐《なつ》かしい楽器に触れて、これをもう少し弄《いじ》ってみたいような気がしている。

(早川の奴《やつ》、足元を見るようなことを)

ムッとしつつも、森は仕方なく頷《うなず》いた。

「そういえば、お前はこれから出張だと言っていたな。こんなかさばるものを抱えて遠方に出掛ける気など、どうせ最初からなかったんだろう」

「いえそんな、めっそうもございません。ああ、しかしそれでは……」

「とりあえず、次にお前が来るまでは預かっておく。話はそれだけか？」

「は、そうでございますね。あまり長居して、天本様がまた体調をお崩しになってはいけません。わたしはこれで」

森の気が変わらないうちにと、早川はさっさとコートを手にすると立ち上がった。森も渋い顔で、いつもながらに抜け目なく弁の立つエージェントを、玄関まで送って出る。

ピカピカに磨き上げた靴を履きながら、早川はふと思い出したようにこう訊《たず》ねた。

「そういえば、わたしはこれから出張で札幌《さっぽろ》に参りますが、次にお伺いするときには、何をお土産《みやげ》にお持ちいたしましょう。お好きなものを、是非お教えください」

森は下駄箱《げたばこ》に軽くもたれ、ほんの少し考えてから答えた。

「本来ならば、それは敏生向きの質問だろうな。……俺は、北海道《ほっかいどう》と聞いて思い出す好きなものは一つしかないんだ」

「何なりと」

「……バター飴《あめ》」

「バター飴……でございますか……」

予想外の返答に、さすがの早川も呆気《あっけ》に取られた。しかし、さすが有能な営業マンである。あっという間に柔らかな微笑で驚きを覆い隠し、恭《うやうや》しく一礼して言った。

「承知いたしました。琴平様のお好みの品は現地で探すとして、天本様にはバター飴を買い求めて参ります」

「覚えていればでいい。とにかく琴は確かに預かったから、安心して行け」

「は。よろしくお願いいたします。では、速やかにベッドへお戻りください」

余計な一言を言い終えるなり、早川は森が何か言い返そうと口を開くより早く、扉の向こうに姿を消した。穏やかな言動にそぐわず、彼はここいちばんの身のこなしは驚くほど素早いのだ。

「ふう……。何とか、あれを抱えて札幌へ飛ぶことだけは避けられたな。助かった」

こうして導入部さえ上手《うま》くいけば、よほどのことがない限り森は依頼を引き受けてくれるだろう。あとは念のため、森を説得するための最終にして最強の武器、敏生の喜びそうな土産《みやげ》を用意すれば……。

「さて、急がなければ。飛行機に遅れてしまう」

満足げな溜《た》め息《いき》を一つつき、早川は着慣れたトレンチコートに袖《そで》を通した。そして、駅への道を急いだのだった……。

＊　　　　　＊

「……と、これが、わたしにお話しできるすべてです。わたしがお暇《いとま》したのは午後七時過ぎだったはずで、その後何があったのか……」

話の途中で運ばれてきたウニの載ったかき揚《あ》げ丼《どん》をいつもよりずっとおとなしくもそも

そと食べながら、敏生は言った。

「そっか。その途中でかかった電話っていうのが、たぶん僕からですよ。天本さん、何だかちょっと焦《あせ》ってた感じだったのは、早川さんがそこにいたからなんですね。だから嘘《うそ》ついて、さっさと切っちゃったんだ」

「なるほど。あいつにしてみりゃ、後ろめたかったんだろうなあ。しかし、早川さん。話を聞いた限りじゃあ、その一弦琴《いちげんきん》……でしたか、それが天本にトラブルをもたらしたようには思えませんな。いや、僕は素人《しろうと》ですから、偉そうなことは言えませんが」

龍村の言葉に、早川も頷《うなず》いた。

「ええ。わたしもそう思うのです。ですから……お二人に、貴重な時間を無駄にさせてしまったかもしれないと……」

龍村は、腕組みして唸《うな》る。だが敏生は、やけにきっぱりとこう言った。

「でも。天本さんがそのお琴にそれほど興味がないなら、居間に放《ほう》っておいたと思うんです。あそこになかったってことは、もしかしたら……」

「もしかしたら？」

「天本さんは、そのお琴を鳴らしてみようとしたんじゃないかな。お母さんの思い出に繋《つな》がる楽器だから、音を聞いてみたいと思っても不思議じゃないでしょう？　それに天本さん、壊れてるものをそのままにして平気でいられる人じゃないし」

ううむ、と龍村は今度は同意の唸《うな》り声《ごえ》を上げた。

「なるほどな。ずっと古道具屋の隅に埋もれて誰にも顧みられることのなかった楽器だ。用途も知らない人間のあいだで売買されて、長らく鳴らしてもらっていないんだものな。琴のほうでも、ようやく正体を知る人間に出会って、本来の姿に戻りたいと思っているだろうさ」

敏生も我が意を得たりと頷《うなず》く。

「でしょう？　……でも、だったらどこにあるのかなあ。天本さんの部屋には見あたらなかったし……」

「目的を持って捜せば、ものは意外に見つけやすくなるもんだ。あるいはまったく関係がないかもしれないが、家に戻ってその琴を捜してみる価値はあるだろう。今のところ、他にできることなどなさそうだしな」

「……ですね」

敏生は、食べかけの丼《どんぶり》を見下ろし、溜《た》め息《いき》をつく。せっかくの御馳走《ごちそう》であるし、早川の厚意に感謝して美味《おい》しく頂こうと思っていたのだが、やはり森のことが気がかりで、味などろくにわからないのだ。

そんな敏生を痛ましげに見た早川は、腕時計をちらと見て、申し訳なさそうに言った。

「すみません。残念ですが、わたしはそろそろ行かなくてはなりません。できるかぎり遅らせはしたんですが、どうしてもこれ以上は……」

　敏生は慌てて笑顔を作って言った。

「あ、ごめんなさい早川さん。お仕事中なのに、長い時間お話ししてくださって。……あの、帰ってもし何かわかったら、お電話入れますね」

「ええ、是非。よろしくお願いいたします。龍村様も……わたしにとっても、龍村様がいらしてくださって心強い限りです」

「いやいや。いなくなったのは、あなたのお抱え術者であり、僕の親友ですのでね。僕にできることは少ないですが、あいつのいないあいだ、せいぜい琴平君の保護者を気取りますよ」

「くれぐれもよろしくお願いいたします。……わたしの話が少しでもお役に立てばよろしいのですが。では、これで」

　早川は、さりげなく伝票を取り、店を出ていった。その姿が消えるまで見送り、龍村は言った。

「さて、そろそろそいつをやっつけてしまえよ、琴平君。次にやるべきことらしきものが見つかった以上、北の大地に長居は無用だ。……こんなときでなけりゃ、前に学会で来たとき教えてもらった、旨《うま》い味噌《みそ》ラーメンの店に連れてってやるんだがな」

＊　　＊

「主殿《あるじどの》、こちらへ」

小一郎が森を誘《いざな》ったのは、枯れた大樹が立っている場所だった。大樹といっても、かつての大樹、である。今は無惨《むざん》にへし折れて、高さは七メートルほどである。

「これは……」

森は軽く驚きの目を見張った。本来は恐ろしく高い木だったのだろう。ゴツゴツとまるで細い棒を無数に融合させたような凹凸《おうとつ》の激しい幹は、大人五人が両手を広げても取り巻けないほど太い。

折れた先の部分は見あたらないが、伐採されたというわけではなさそうだ。暗い視界の中でも、先端が激しくギザギザになっているのが見える。大木に遠慮してか、それともまだなお地表にボコボコとおびただしく飛び出した太い根に勝てなかったのか、大樹の周囲には他の木がまったく生えていない。

「凄《すご》い木だな。かつては大きく枝を伸ばしていたんだろうに、哀れなものだ……」

もはや枯れて久しいと思われる朽ちた幹の表面を撫《な》で、森は呟《つぶや》いた。その声には、失われた命への哀悼の意が込められている。小一郎は、そんな森にそっと呼びかけた。

「この中なら、雨がしのげまする」

「……ああ」

小一郎が指し示したのは、屈《かが》めば何とかくぐれる大きさの、幹に空いた穴だった。用心しながら中に入ってみると、そこは予想外に大きな虚《うろ》になっていた。長い年月に幹の内部が腐り落ち、土に還《かえ》ってしまったのだろう。湿った土と、朽ち木の匂《にお》いが鼻をついた。

ただでさえ外が日暮れどきのように暗いので、虚の中は真っ暗だろうと森は思っていた。だが、予想だにしない光景が、森の目の前に広がっていた。

「これは……！」

虚の内面全体が、淡い光を放っているのである。そして、虚のいちばん奥に、ほんの小さな祠《ほこら》が作られている。森は腰を屈めたまま注意深く虚の奥まで行き、祠の傍《かたわ》らの冷たい地面に腰を下ろした。続いて入ってきた小一郎が、入り口近くに跪《ひざまず》く。

森は、エメラルドグリーンに光る弱々しい光の正体を見極めようとした。指で触れてみると、植物独特の軟らかく、ヌルリとした感触がある。どうやらそれは、ヒカリゴケの一種らしかった。長い年月をかけ、虚の内部を徐々に覆っていったのだろう。あたりを明るくするほどの力はないが、それでも暗黒よりは幾分ましだ。

そして祠は、木の枝をそれらしい形に組み合わせ、立てかけただけの簡素なものだった。それだけなら、落ちた枝が偶然そのような形に積み重なったのだと思ってしまったか

る。もしれない。だがその内部には、小さな杯が置かれていた。杯には、綺麗《きれい》な水が入ってい

「主殿《あるじどの》、それは……」

「ここに、我々以外の生き物……人間がいるということだな。誰かが祠《ほこら》を作り、ここで神を……おそらくはこの大木を神体として祀《まつ》っているんだ。少しは希望が湧《わ》いてきたようだぞ、小一郎」

森はそう言いながら、地面に片足を投げ出した。もう片足は緩く曲げ、膝頭《ひざがしら》に手のひらを置く。

「ここに人が住むなら、ここよりはましなところに宿を借りられるやもしれませぬ。捜してまいりまする」

小一郎はそれを聞いて虚《うろ》からさっそく出ていこうとしたが、森はそれを制止した。

「待て。さっき自分で言ったばかりだろう。妖魔《ようま》の力がここでは発揮できないと」

小一郎は、腰を浮かせかけたままの姿勢で、困惑の視線を森に向けた。

「それは……そうでございまするが」

「こんな豪雨の中、しかもこの暗さだ。出ていって戻れなくなったらどうする。迂闊《うかつ》に離ればなれになるよりは、ここでしばらく休憩したほうがいいだろう」

「されど……」

「この祠《ほこら》を設けた奴《やつ》が『人間』だったとしても、そいつがどんな奴かはわからない。慌てて捜すことにメリットはないさ」

「されど主殿《あるじどの》、そのように濡《ぬ》れた服をいつまでもお召しになっていては、お身体《からだ》に障《さわ》りましょう。お寒くはございませぬか」

「大したことはない。こんな天気のわりに、気温は決して低くないからな。心配するな」

寒くないと言えばあまりにも嘘《うそ》になるので、森はそんな曖昧《あいまい》な答えを返した。それでも、小一郎にはそれなりに気の休まる言葉であったらしい。野生の獣のような精悍《せいかん》な顔に、ほんの少し安堵《あんど》の色が広がる。

「……承知仕《つかまつ》りました」

森に諭され、小一郎は再び地面に膝《ひざ》をついた。

「お互い、少し休むとしよう。ここで態勢を立て直して、できることを考え、不慮の事態に備えるのが賢明だ」

「……はっ。仰《おお》せのとおりに。主殿はお休みください。小一郎が、心して番をいたしますゆえ」

「すまないな。少し、先に休ませてもらう」

小一郎は跪《ひざまず》いたまま頭《こうべ》を垂れて、動きを止める。森も、虚《うろ》の壁面に背中をあずけ、目を閉じた。さりげなく両足を胴体に引き寄せ、膝《ひざ》を抱え込んで体温の拡散を防ぐ。妖《あやか》しの力が封じられている小一郎を、いつもほど頼りにすることはできないだろう。それでも、病み上がりの自分よりはましだと結論づけて、森は少し眠ることにした。

目を開けたとき、状況は少しも変わっていなかった。着ているものはまだ濡《ぬ》れて肌に貼《は》り付《つ》いていたし、髪からも、俯《うつむ》いた頬《ほお》に涙のように水が流れていた。身体《からだ》は冷えていたが、虚《うろ》の中は外より暖かく、凍えるほどではなかった。

虚の口からは、相変わらず猛烈な勢いで降り続く雨が見えた。そして、自分の傍《かたわ》らでカチカチ鳴る奇妙な音にハッと視線を滑らせると、そこには地面にしゃがみ込んで両手に石を持ち、それを打ち合わせている小一郎の姿があった。

「……何をしているんだ」

「申し訳ありませぬ。お、お起こししてしまいましたでしょうか」

小一郎はハッとして寝起きの主《あるじ》の不機嫌そうな顔を見る。森は指先で重い瞼《まぶた》を揉《も》みながら、重ねて訊《たず》ねた。

「べつにかまわないが、何をしようとしているんだ」

「火を……熾《おこ》そうと思うたのです。火さえあれば、主殿の御為《おため》になるかと」

小一郎は悔しげに言った。

「妖《あやか》しの力を封じられておりますゆえ、このような人間の技を用いるより他になく、しかもこの雨では、外で薪《たきぎ》を拾っても役に立ちますまい。となると燃やせるものはこの祠《ほこら》のみ……そう思うておりましたところで」

森は苦笑いして、式神《しきがみ》の行為を止めた。

「この雨は、ずいぶん長く降り続いているんだろう。祠の木も湿っているさ。それに、その祠のご神体は、おそらくこの木だぞ。雨宿りをさせてもらったうえに、宿主を燃やすようなことになっては、恩を仇《あだ》で返すことになってしまう。火などなくても、俺は平気だ」

式神は恥じ入ったように無言で畏《かしこ》まる。

二人はそのまま口を噤《つぐ》み、虚《うろ》の中には沈黙が落ちた。周囲から、頭上から、ただ雨が土や大樹の幹を叩《たた》く音だけが二人を包み込む。

「止《や》まないな……」

森の呟《つぶや》きに、小一郎は視線で頷《うなず》いた。森は、さっきからずっと自分の傍《かたわ》らに跪《ひざまず》いたままの式神を見て、薄く笑った。

「もうしばらく、閉じ込められることになりそうだ。楽にしろ」

「は。……そのように仰《おっしゃ》られましても、楽、とはどのような……」

小一郎は森の言葉が理解できず、申し訳なさそうにそう訊《たず》ねる。森は苦笑いして肩を竦《すく》めた。

「妖《あやか》しには、楽な姿勢というものはないのか？」

「は、特には……ござい……ませぬ」

正直を言えば、敏生と一緒にいるときには、だらけきってソファーに寝転んだり、テーブルに足をのせてふんぞり返って座っているのが疲れて仕方ないというほどでもないらしい。嘘《うそ》だが、かといって畏《かしこ》まっている小一郎である。楽な姿勢がないという台詞《せりふ》は
森はおざなりな手つきで、自分の傍《かたわ》らの地面を叩《たた》いた。

「お前はそうでも、見ている俺のほうが気詰まりだ。せめて足を崩せ」

「さ、されどそのような畏《おそ》れ多《おお》い……」

「命令だ」

「……はっ」

促され、小一郎はそれでもまだ少し躊躇《ためら》いながら、森の横に座り込んだ。足を投げ出そうとしてから、少し考え、ゴソゴソと胡座《あぐら》をかく。

再び、沈黙が落ちた。地面を叩く雨は、薄い水煙となって地表近くを漂っている。

「……今は昼なんだろうか、この世界は。それとも、白夜か？　さっきからずっと、外の暗さが変わらないな」

「……御意《ぎょい》」

森は腕時計がやはりまったく動いていないことを確かめると、力なく腕を下ろした。見

るともなしに虚《うろ》の小さな入り口から見える外の風景を見遣《みや》り、口を開く。

「こんな雨の日には、いろいろなことを思い出す。そのせいかな。どのくらい眠っていたのかわからないが、短い夢をいくつか見た」

「小一郎にもしかとはわかりませぬが、おそらくそれほど長い時間ではございませなんだ。……それにしても、どのような夢をご覧になったのでございますか」

森は小一郎の顔をちらと見ただけで、すぐに前を向いてしまった。その横顔は能面のように冷たく整っていて、そこから感情を読み取ることは人ならぬ身の小一郎にはとても不可能だ。

「霞波《かなみ》が死んだときのこと……それに、敏生を拾ったときのこと……どちらも、こんなふうに激しい雨が降る夜だった」

それを聞いて、小一郎は何とも形容しがたい複雑な顔になった。

「主殿《あるじどの》……」

森は、薄い唇に微《かす》かな笑みを浮かべ、小一郎を見た。

「妖魔《ようま》のお前にはわからないかもしれないが、雨というのは人の心をやたらと感傷的にするものなんだ。気にするな…………！」

森は、不意に口を噤《つぐ》んだ。ほぼ同時に、小一郎も豹《ひょう》のように素早く森の前に飛び出した。狭い虚の中、低い体勢で身構える。森はその耳元に口を寄せ、囁《ささや》いた。

「……聞こえるか」

「は。確かに」

雨音の向こうから、ほんの微《かす》かにではあるが、異質な音が二人には聞こえていた。何かを引きずるような音、そして何かが地面を擦《こす》る硬い音……それらがごくゆっくり、しかし確実に二人のいる大樹のほうへと向かってくる。

「相手の姿が見えるまで、待つ。俺が指示するまで動くな」

「承知」

二人は、相手に先に自分たちを見られないように、虚《うろ》の口の両側に分かれ、壁面に張り付くようにして隠れた。そして、文字どおり息を殺して来訪者を待った。

そのまま数分が経過した。闇《やみ》に慣れた目に、最初は揺れる茂みが、次に地面を叩《たた》く棒状のものが、そして最後に、二本の白い足首が見えた。

「…… 主殿《あるじどの》。あれは人間でござりまするか」

木枯らしのような声で、小一郎が問いかける。森は瞬《まばた》きで頷《うなず》いた。

それは、ひとりの女だった。杖《つえ》で身体《からだ》を支えるというよりは、それで茂みを払い、地表の様子を探りながら、小さな歩幅で歩いている。着ているものは着物で、裾《すそ》を軽くからげていた。杖を持っていないほうの手には、傘を持っている。

女が近づいてくるにつれて、その全身が二人にも見えてきた。

ほっそりした女だった。背丈は、敏生より少し高いくらいだろうか。濃い色の着物を着て、長い髪を首の後ろで一つに結わえ、後ろに垂らしている。黒髪に縁取られた小さな顔は、暗がりから浮かび上がるように白い。だが、その顔立ちは、彼女がかなり近くまで来ても、はっきりと見ることはできなかった。

その理由はすぐに知れた。女は、目の部分にグルグルと白い布を巻き付けていたのである。女は視力を閉ざしているせいで杖《つえ》を頼りに歩いているのだと、ようやく森は気づいた。小一郎は瞬《まばた》きをしない妖魔《ようま》の眼《め》で、じっと女を見据えている。森の合図があれば、すぐさま女に飛びかかるつもりなのだろう。しなやかな両足は跳躍のタイミングをはかる猫のように力を蓄え、両手の指先は地面に軽く触れている。

（……やはり、人間の「気」のように感じられる。少なくとも、妖《あやか》しのそれではない）

森は次第に距離を詰めてくるその女性から、まったく邪気が漂ってこないことを確かめ、小一郎に目配せした。やや不満げながらも、式神《しきがみ》は従順に地面から手を離した。それでも、視線だけは女から一秒たりとも逸《そ》らさない。

女は、時折茂みに足を取られつつも、倒れることなく確実に大樹に向かってくる。おそらく、目が見えなくても迷わないほど、通い慣れた道筋なのだろう。

女は、もう息づかいが聞こえるほどに森たちが潜む虚《うろ》の傍《そば》まで来ていた。森は慎重にタイミングをはかり、女がちょうど虚の真ん前まで来たとき、片手で小一郎を制してみずから外へ出た。相変わらず大粒の雨が、たちまち頬《ほお》を濡《ぬ》らしていく。

盲人だけに、物音や気配には敏感なのだろう。森が飛び出すのとほとんど同時に、女は弾《はじ》かれたように足を止めた。ヒュッと息を吸って一歩後ずさった女は、しかし逃げもせず、探るように前方に向かって呼びかけた。

「もしや……もしや、主様《ぬしさま》?」

その折れそうな身体《からだ》に似つかわしく、細い声だった。だが、激しい雨音の中でも、その声はかろうじて森の耳に届いた。声が、希望に満ちて弾むような響きを帯びていたからである。

(主様……? 誰のことだ)

森は女の言葉にどう答えたものかしばし考えたが、結局、何の変哲もない言葉を口にした。

「おそらく、俺はあなたの期待している人物ではありません」

「…………!」

女は、森の声に心底驚いたらしかった。だがその驚きには、恐怖は含まれていないように森には思えた。女は、諦《あきら》めと寂しさに声を沈ませ、静かに問いかけてきた。

「では、あなたはどなたです? ここは私以外いないはずですのに」

「……主殿《あるじどの》っ」

小一郎が傍《かたわ》らから、森に小声で注意を促す。その声に、女はまた驚いたように唇を薄く開いた。

「もうお一方いらっしゃるのですか？　……不思議ね、気が付きませんでした。まるで猫のように気配を殺していらっしゃるよう……」

「ここにいるのは、俺の連れです。……あなたこそ、いったいどなたです。そしてここはどこです？」

森は、敢《あ》えて自分から名乗ろうとしなかった。目の前の女は人間に思えたが、まだ油断するわけにはいかない。万一妖《あやか》しだった場合、自分の名を教えるということは、相手に自分を支配することを許すに等しい危険な行為なのだ。逆に、相手にそういった知識がある、あるいは相手が妖しであるならば、向こうも決して己の名を易々《やすやす》と明かしはしないだろう。

ところが女は、恐ろしいほどあっさりと自分から名乗ってきた。

「早月《さつき》と申します。そしてここは……どこか教えて差し上げることができたらいいのですけれど」

「……どういうことです？」

森はその曖昧《あいまい》な返答を聞《き》き咎《とが》める。だが女……早月は、声と気配を頼りに、森のほうへ歩み寄って言った。

「傘をお持ちでないのですか？　……もし行くところがないなら、私の家でお休みください。お話は、そこで」

そう言って、女は森のほうへ傘を差し掛けようとした。着物の袖《そで》から覗《のぞ》く白い手が、たちまち雨に濡《ぬ》れていく。森は慌ててその手首を緩く摑《つか》み、身体《からだ》のほうへ傘ごと押し戻した。

「……あ」

彼女は小さな驚きの声をあげたが、傘を落としはしなかった。触れた手首はたおやかで、温かい。そして直接の接触によっても、森は彼女から人間以外の「気」を感じることはできなかった。

（生きている人間……普通の人間なのか……？）

かえって戸惑いを覚えつつ、森は慇懃《いんぎん》に言った。

「俺たちはもうずぶ濡れですから、これ以上いくら濡れても同じです。あなたまで濡れる必要はありません。……それに、お参りをすませてからで結構です」

「……不思議な方ですね。どうしてそれをご存じなのですか」

「あなたが仰《おっしゃ》ったでしょう。ここにはあなた以外いないはずだと。ならば、あの祠《ほこら》を作ったのはあなたのはずだ。わざわざここに来たのは、参拝以外の理由はないと考えただけですよ」

「…………」

早月は森の言葉には何も言い返さず、杖《つえ》と傘を虚《うろ》の入り口に立てかけると虚の中に入った。森は外で、じっと彼女の様子を見守る。彼女は祠《ほこら》の中から杯を取り上げると、それをそっと森に差し出した。

「雨水を……受けてくださいますか」

森は黙って杯を受け取り、中に入っていた水を地面に捨てた。そして、空に向かって杯を掲げた。ほどなく、杯にはなみなみと新たな雨水が溜《た》まる。それを早月の手に持たせてやりながら、森は訊《たず》ねた。

「いつも、こうして水を？」

早月は、杯を祠に置きながら頷《うなず》いた。

「ええ。こうして、木の神様にお参りして、お水を供えています」

早月は、しゃがんで祠に手を合わせ、何かを一心に祈る様子だった。出てくる早月に再び手を貸して、森は訊ねてみた。

「ですが、雨の降らない日は、水をどこから調達するんです？」

早月は柔らかな手を森の手のひらに預け、虚から出てくると、傘を受け取って微笑《ほほえ》んだ。そしてこともなげに答えた。

「雨の降らない日はありません。雨は……決して止《や》まないんです、主様《ぬしさま》のために」

（……主様《ぬしさま》のために……？　何だ、それは）

小一郎と森は、早月の言葉の意味がわからず顔を見合わせる。だが、早月はさっさと杖《つえ》を握ると、先に立って歩き始めた。

「さあ、どうぞ。私の住むところは、そう遠くありませんから。目が見えませんから速くは歩けませんが、お許しくださいませね」

雨のせいで草の葉や灌木《かんぼく》の枝が垂れてよくわからなかったが、よく見れば、ごく細い道らしきものができているようである。注意深く杖で地表の形を確かめながら進む早月は、おそらく木の根や岩の形で、家からこの大樹までの道のりを記憶しているのだろう。

（雨の止《や》まない土地……そして、長くこの土地に住んでいるらしいこの早月という女。いったい何者なんだ……。そして、ここはどこで、「主様」とはいったい誰なんだ……）

森の疑問がまるでそのまま伝わったように、早月から少し離れて後をついていく森の耳元で、影のように付き従う小一郎の囁《ささや》きが聞こえた。

「主殿《あるじどの》。このままあの女についていって、よろしいのでござりまするか」

「どうだろうな。だが、この世界には彼女しかいないと言われれば、ついていくより他に、この場所がどこかを知る方法がなかろう。それに……」

森はまだ険しい面持ちで早月の背中を睨《にら》んでいる小一郎を見て、白磁の頰《ほお》にどこか苦い笑いを浮かべた。

「どうにも気抜けするくらい、彼女には負の『気』を感じない。無論、ここから脱出して元の場所に帰ることを第一に考えなくてはならないが、彼女の正体も気になるんだ」

「なれば、お考えのままに。主殿《あるじどの》の御身は、何がありましょうともこの小一郎が命を賭《と》して御守りいたしますゆえ」

「頼もしいな」

森は小一郎の背中を軽く叩《たた》くと、少し足を速めた。早月が、二人の足音が離れすぎたと判断したのか、立ち止まって待つそぶりを見せたからである。

「……主殿の御身に何かありましては、うつけめが泣きまする」

そのせいで、幸か不幸か、小一郎が口の中で呟《つぶや》いたそんな台詞《せりふ》は、森には聞こえなかった……。

*　　　*

敏生と龍村が天本家に帰り着いたのは、日もとっぷり暮れてからだった。

帰りの飛行機の便が決まった頃から落ち着きがなくなってきていた敏生は、空港から自宅に向かうタクシーの中でもいつもと違っていた。龍村が話しかければそれなりに元気に言葉を返すが、すぐ会話はとぎれてしまう。窓の外と腕時計を何度も見比べ、信号待ちでは貧乏揺すりをして窓を指先で叩《たた》く。本人は無意識らしいそんな敏生の様子を、龍村はただ無言でじっと見守っていた。

玄関の扉を開けるが早いか、敏生は居間へ走った。そこにやはり森と小一郎が帰ってきた気配がなく、留守電にも何のメッセージもないことを確認すると、彼はジャケットを脱ぎもせず、立ったままローテーブルを見下ろして早口に言った。

「早川さんが帰ったとき、お琴はここにあったんですよね。どこ行ったんだろう。もう一度、家じゅう捜さなきゃ！　龍村先生、手伝ってもらっていいですか？」

「まあまあ、とにかく上着くらい脱げよ。帰ったばかりだ、少しくらい休憩しちゃどうだい？」

龍村は暖炉に火を入れようとしながらそんなことを言ったが、敏生はキッとして言い返した。

「そんなにゆっくりしてられないですよ！　お琴を見つけたからって、それですぐ天本さんの居所がわかるわけじゃないかもしれないし、もっともっと何かしないと駄目だったら、一秒だって惜しいじゃないですか。天本さんも小一郎も、今どんな目に遭ってるかわかんないし……天本さん病み上がりだし、それに、それに！　……無事だって信じてるけど、でも……」

敏生の両の拳《こぶし》は、固く握りしめられていた。大きな鳶色《とびいろ》の瞳《ひとみ》は、うっすら涙ぐんでいる。龍村はゆっくりと立ち上がり、敏生にまっすぐ向かい合った。

以前の敏生なら、森や小一郎がいないことに対する不安や焦燥を、もっと早い段階で激しく表に出していたはずだった。だが彼なりに龍村や早川に気を遣って、いたずらに苛《いら》立《だ》ったり焦《あせ》ったりしても仕方がないと自分を抑え、冷静に振る舞おうとしていたに違いない。自宅に帰ってきて、できることがとりあえず一つに絞られた今、敏生の我慢も平気なふりも、もう限界なのだろう。今の敏生は、森を想《おも》う気持ちとなかなか進まない捜索への苛立ちを、小さな身体《からだ》いっぱいに表していた。

「……やれやれ。お互い、呑気者《のんきもの》の真似事《まねごと》はこれまでだな、琴平君」

龍村は、ニヤリと笑って広い肩をそびやかした。敏生は、濡《ぬ》れたビー玉のような目を見開いたまま、龍村を凝視している。その拳《こぶし》を自分の大きな手でギュッと包み込み、龍村は真顔になって言った。

「僕が落ち着き払ってゆったり構えているふりをすれば、君も少しは安心するだろうと高を括《くく》っていたんだが……どうやら君のほうでも、僕を心配させまいと同じことをしていたとみた。違うかい?」

「……龍村先生も……?」

龍村が頷《うなず》くと、敏生はちょっと目を伏せて、恥ずかしそうな笑みを浮かべた。そして、ジャケットの袖《そで》で涙をゴシゴシと拭《ふ》くと、こくりと頷いた。

「心配だ心配だって言うばっかりじゃ、どうしようもないって自分に言い聞かせてました。……でも心配なんです。どうしようもなく不安なんです、天本さんがこの家にいないなんて」

「わかってる。僕だって見掛けほど余裕はないんだぜ。……だが、余裕はかなぐり捨てても、冷静さまで捨てちゃいけない。落ち着いて必死になろう。な？」

「はい」

敏生はすうっと深呼吸した。大丈夫、と小声で呟《つぶや》く。龍村はそんな敏生の頭をポンと叩《たた》くと、室内を見回した。

「手分けして捜したほうがいいだろうな。僕は一階を捜そう。君は、勝手知ったる二階部分を頼む。……おい、まさかこの家、隠し部屋なんぞはないだろうな？」

「た、たぶんないと思いますよ。じゃあ、とにかく僕、二階を片っ端から捜していきます。まず捜すのはお琴と……それから」

「気が付いたことは何でも二人で見て、考えることにしよう。いつもと少しでも違っていることがあれば、僕に知らせてくれ。こればかりは、君にしかわからないから」

「わかりましたっ」

敏生は階段を駆け上がっていく。龍村は、とりあえず暖炉に残った灰をならし、新しい薪《たきぎ》を組んで火をつけながら、しゃがんだままの姿勢で大きな溜《た》め息《いき》をついた。

「やれやれ。お前と友達になってから、アクシデントには事欠かんな、天本よ。どこにいるか知らんが、とっとと帰ってこい。……僕がサボり過ぎで監察医をクビになる前にな」

四章　擦り抜けてゆく時間

「……あ！　これ、話に出てきた風呂敷《ふろしき》かな」

　自分の部屋を捜し終わり、再び森《しん》の部屋の捜索にかかった敏生《とします》は、ハッと机の上に目を留めた。森の書き物机の端に、紫色の見慣れない風呂敷がきっちり畳んで置いてあったのである。

「天本《あまもと》さん、風呂敷使ってるところなんて見たことないし……きっとこれ、早川《はやかわ》さんがお琴を包んで持ってきた風呂敷だ。うーん……僕が捜してるのは、風呂敷じゃなくてその中身のほうなんだけど」

　敏生は心の中で謝りつつ、森の机の引き出しをすべて開けてみた。何もかもを適当に入るだけ詰め込んでしまう敏生と違って、森の机の引き出しは、どれも整然としていた。どこに何が入っているかが一目瞭然《いちもくりょうぜん》の、素晴らしい整頓術《せいとんじゅつ》である。

「凄《すご》いなあ、天本さん。でも、お琴の大きさ八十センチちょっとくらいあるって言ってたから、引き出しにはちょっと入りそうもないや。ありそうなところっていうと、クローゼットかな」

敏生はもう一度クローゼットを開け、隅々まで服を掻《か》き分《わ》けて捜してみた。だが、やはり早川が教えてくれたような形状のものは見あたらない。ベッドの下まで覗《のぞ》いたが、そこにも何もなかった。

「うーん……。ここに置いてなきゃ、どこに持っていくか……」

敏生は主《あるじ》のいないベッドに腰を下ろし、そのまま上体をコテンと倒した。頭の下に、森のガウンが触れる。

「天本さんが、人様から預かったものを粗末に扱うわけないし。やっぱり天本さんが持っていっちゃったのかなあ。ここにはないのかな」

気を張っているので眠くはないが、そうして身体《からだ》を横たえると、全身に疲労が蓄積しているのがわかる。だが、疲れたの何のと言っている場合ではない。札幌《さっぽろ》で早川に食べさせてもらった食事のおかげで、まだパワー切れにはならずにすみそうだ。

(ベッド……天本さんがいないと、冷たいな)

森のベッドに転がっていると、いろいろなことをうっかり思い出してしまう。

小説を執筆中の森にお茶を持ってきて、ここに座って一緒に休憩しながら短いお喋《しゃべ》りをしたこと。嫌な夢を見てひとりでいるのが嫌で、まだ灯《あか》りがついているのをいいことに森の部屋に行き、今まさに就寝しようとしていた森のベッドに無理やり潜り込んだこと。そしてつい数日前、高熱のせいで苦しげに眠る森の顔を、心配しながらじっと見守っていたこと……。

どうしてあんなに近くにいた人が、こんなふうに跡形なく簡単に消えてしまうことができるのだろう。どうして自分には、こんなに大好きで大切な人の居場所を感じ取ることができないのだろう。

そう思うとやはりやるせなさが込み上げ、龍村《たつむら》の前では零《こぼ》さずに我慢した涙がボロボロと呆気《あっけ》なく溢《あふ》れた。丸い頰《ほお》を伝った涙は、たちまち森のガウンの上にいくつも小さな水たまりを作る。

「……三分だけ」

敏生は涙声で呟《つぶや》いた。

「三分だけ泣こう。そしたらもう泣かない。天本さんと小一郎《こいちろう》を見つけるまで、絶対もう泣かないんだから」

階下で一生懸命手がかりを捜そうとしている龍村に申し訳なく思いつつも、敏生は森のガウンを両手で摑《つか》み、顔を押しつけた。そして、声を殺して自分の中で百八十数えながら泣いたのだった。

涙を拭《ぬぐ》って顔を上げたとき、さっきよりは心が落ち着いていた。涙の中にはストレス物質が含まれるという。不安という名のストレスをほんの少し体外へ吐き出して、敏生は再び頭をフル回転させ始めた。

「あと見てないところで、天本さんがお琴持っていきそうなところ。そんなのあるかなあ……あッ！」

敏生は、ガバリと跳ね起きた。そのままの勢いで、森の部屋を飛び出す。階段を駆け下り、居間を通り抜け、台所脇《わき》の勝手口から裏庭に出た。

「お、おい、琴平《ことひら》君。どうした？　何か見つかったのか」

台所の戸棚を開けまくっていた龍村が、敏生の足音に驚いて勝手口から頭を突き出す。

敏生は振り向きもせず答えた。

「まだですけど、見るの忘れてるところがもう一か所ありましたッ」

「見忘れていたところ？　外にかい？」

「そこの懐中電灯持ってきてくださいっ！」

敏生はバタバタと駆けていってしまう。龍村は仕方なく、勝手口の脇に取り付けてあった非常用懐中電灯を取り、サンダルを引っかけて敏生の後を追った。

天本家の裏庭には、煉瓦《れんが》を積んで造った立派な物置がある。森が言うには、「元の住人が庭師のために造ってやったんだろう。園芸道具がギッシリ詰まっていたから」ということなのだが、今は、森が持ってきた荷物の中であまり使わないものや、彼の古いゲラや原稿、それに日曜大工用の工具などが詰め込まれているはずだった。

「あれ……鍵《かぎ》が掛かってない。おかしいなあ。天本さん、いつもこの両側の取っ手に鎖を巻いて、南京錠《なんきんじょう》を掛けてあったんですよ。金目のものは入ってないけど、誰かが入り込んだりすると困るからって。……ってことは……龍村先生」

　敏生と龍村は、顔を見合わせた。龍村は、今さらながら声を潜め、こう言った。

「うむ。あるいは、ここがビンゴかもしれんぞ。注意するに越したことはない。何かヤバいものが出てきたら、全速力で家の中へ逃げろよ。僕が扉を開けるから、君は中を照らすんだ。いいかい？」

「はい」

　敏生も、緊張の面持ちで頷《うなず》く。ヒュウウッと、真冬の夜風が二人の頬《ほお》を切るように吹き抜けた。

「……開けるぞ」

　龍村は敏生に懐中電灯を渡すと、頑丈な取っ手に両手を掛けた。そして重そうな鉄の扉を、勢いよく引っ張って開けた。敏生は、龍村の背中に庇《かば》われつつ、腕を伸ばして広い物置の中を懐中電灯で照らす。

「……箱だらけだな。……と、これは……。琴平君、ちょっと貸せ」

　物置の中には所狭しと段ボールが積まれ、埃《ほこり》と古い紙の臭《にお》いが充満している。だが、龍村が目を留めたのは箱ではなく、八畳ほどある広い物置のコンクリート打ちっ放しの床に転がった「何か」だった。龍村は、敏生の手から懐中電灯を取り上げ、暗がりにチラと光を反射したそれに灯《あか》りを向けた。敏生が、目に映ったものにあっと小さな声を上げる。

それは、二十センチほどの高さのランタンだった。乾電池を入れて使うもので、以前、夜釣りに行くとき森が購入したものだ。龍村と敏生は、ランタンの前にしゃがみ込んだ。地面に倒れたランタンは、スイッチがつけっぱなしで電池が切れてしまっていた。

「天本さん、やっぱりここに来たんだ」

「懐中電灯じゃなくランタンを持ってってあたりが、最初から長時間をここで過ごすつもりだった証拠だな。……とと、その小さな懐中電灯じゃ埒《らち》があかん。琴平君、家の中から乾電池を持ってきてくれ。このランタンにもう一度灯りをつけたほうが、物置全体を照らせるだろう」

「わかりました！」

敏生はすくっと立って、身軽に家へ駆け戻っていく。地面から容赦なく立ち上ってくる冷気に、龍村はブルリと大きな身体《からだ》を震わせた。上着を持ってくればよかったと、今さらながらに後悔する。

「ったく、天本の奴《やつ》め。こんなくそ寒いところには、病気が治りきってから来いってんだ。まったく、自分の身体には無頓着《むとんじゃく》な奴だな」

そんな悪態をついたところで、敏生が電池を持って駆け戻ってくる。

「電池、たしかこれでいいと思います」

「おう。蓋《ふた》はどこだ。ええと……これだな。よし」

龍村はごつい手で器用にランタンの電池を入れ替えた。パチンとスイッチを入れると、予想以上に明るい光が物置全体を照らす。次の瞬間、二人の目に飛び込んだものは……床にきちんと敷かれた古ぼけたゴザと、その上に置かれた二つの大きな木片だった。

「これ……これ、龍村先生……！」

敏生はぺたりとゴザの上に座り込む。龍村もその脇《わき》に膝《ひざ》をつき、目の前の木片に視線を落とした。うう、と低い呻《うめ》き声《ごえ》がその口から漏れる。

そこにある二つの木片のうち一つは、龍村にも敏生にも見覚えがあるものだった。そう、半日前に早川に見せられた写真にあった、「弦が張られていないのに夜中音が聞こえ、女の幻を見せる一弦琴《いちげんきん》」が、まさしくそこにあったのである。見事な彫刻がランタンの光を受けて浮かび上がったが、それを鑑賞する余裕は、今の敏生にはない。

しかも、単なる木ぎれにしか見えなかった写真の状態と違い、琴の大きいほうの穴には短い棒が差し込まれ、その棒に巻き付けた弦が、反対側の端の小さな穴に通してある。

「やっぱり天本さん、この琴をちゃんと弾けるようにしようとしたんですね」

「ああ。……そして修理の参考にするために、こいつを引っ張り出したってわけだ」

龍村は、厳しい顔でもう一つの木片……例の一弦琴より一回り大きい、一メートルほどありそうな一弦琴《いちげんきん》を見た。こちらは何の変哲もない焦げ茶色の木材でできているが、きちんと琴の体裁を成していた。演奏するときの目安なのか、珊瑚色《さんごいろ》の小さなビーズのようなものが、弦の上方にいくつも並んでいる。

その脇《わき》に、開けっ放しの工具箱と、クルクルと輪にした予備の弦と、それから短い筒をすっぱりと斜めに切り落としたような形の不思議な白い物体が二つ、転がっていた。一つは長く、一つは短い。断端を合わせてみると、やはりピタリとくっつき、一本の筒となった。材質は、どうやら象牙《ぞうげ》らしい。かなり使い込まれたものらしく、すべすべした表面は黄色みを帯び、木目に似た縞模様《しまもよう》が入っていた。真ん中の中空部分は、敏生の中指が途中まで入るくらいの直径だが、龍村が試しにはめてみると、小指の先がかろうじてねじこめるだけだった。

「これが、お琴を弾くための爪《つめ》？」

「だろうな。早川さんに天本が言ってたろ、もともとは岸辺の葦《あし》の茎を切って作った爪で弾いたとか何とか。未《いま》だにそれを模して、こういうシンプルな爪をわざわざ使うことにしてるんじゃないか？」

「あ、なるほど」

「それにしても、細い指だな。少なくとも、僕みたいなごつい野郎のためのものじゃなく、君みたいに細い指の男か、あるいは女性用……ああ、そうか。きっとこの琴も爪も、天本のお母さんのものだったんだな」

「天本さんのお母さんが弾いてたお琴……。それに爪《つめ》。天本さん、前のお家《うち》から大事に持ってきてたんですね。ご両親の持ち物、ほとんど処分したって言ってたのに、こんな大きなもの……」

「それだけ、お母さんの思い出が数少なかったということなんだろうな」

龍村のしんみりとした言葉に、敏生は悲しげに手の中の冷たい一対の爪を見つめた。森はこれをどんな思いで取り出し、見つめたのだろう。これを細い指にはめ、静かに琴を奏《かな》でていた母親の姿が、琴の音色が、おそらくその胸に甦《よみがえ》ったことだろう。

「見ろよ。天本の奴《やっ》、この小さな琴を修理するための参考にしようと、お母さんの琴を大捜索したみたいだ。普段のあいつなら、もっときちんと片づけてあるだろう」

「……あ、ホントだ」

周囲を見回した敏生は、目を丸くした。確か数か月前に入ったときは、すべての箱がきちんとガムテープで目張りされ、芸術的なほど隙間《すきま》なくきっちりと積み上げられていたはずだ。今はその配列があちこちで乱され、ゴザの周囲には、テープを剝《は》がされて中途半端《ちゅうとはんぱ》に中身を引っかき回した箱がいくつも放置されていた。

「天本さん……。お母さんのことを思い出したから、このお琴のこと、放《ほう》っておけなかったんでしょうね。お母さんと、お琴が見せるっていう女の人の幻がダブったのかな」

「さあ、どうだろうな。……む。琴平君、これが例の写真じゃないか？　早川さんが、話の中でチラッと言っていた、河合《かわい》さんの……」

「え？」

龍村は、ゴザの上に落ちていたポラロイド写真を見つけ、ランタンの傍《そば》に持ってきた。

敏生もそちらへ這《は》っていって覗《のぞ》き込《こ》む。そこには、黒をバックに、ぼんやりとピンぼけしまくったような女性の姿が映し出されていた。紫色っぽい着物、そして顔の上半分をほとんど覆ってしまっている白いもの。それは、早川が森に見せたという河合の撮った念写《ねんしゃ》ポラロイドらしかった。そういえば、写真も琴と一緒に天本家に置いてきてしまったと、早川が言っていたのを敏生は思い出す。

「この人が……この綺麗《きれい》なお琴に何か関係があるかもしれない人……。だけどやっぱり、顔がよくわかりませんね」

「だな。なるほど、河合さんが落胆するはずだ。わざわざ琴に添い寝してまで見た女性が、目隠しで顔を覆っているとは」

龍村はしげしげと写真を眺めてから、「尻《しり》が冷えてかなわんな」とランタンを手に立ち上がった。

「天本の奴《やつ》は気が急《せ》いてここで作業に及んじまったようだが、僕たちまで同じ轍《てつ》を踏まなくてもいいだろう。長時間居座るには、ここは寒すぎる」

「……そうですね。天本さんってば、ちゃんと厚着してここに来たのかなあ」

敏生も思い出したように両手で自分の腕をさすり、身震いする。敏生はまだジャケットを着たままだったが、それでも夜の冷気は十分に服を貫いて肌に突き刺さってくる。

「とにかく、この琴一式を持って家に戻ろう。天本の母上の琴も、とりあえず家に入れるか。ここに置いておくのも、寒々しくて可哀相《かわいそう》だしな」

龍村は厳かな表情でそう言った。敏生もそれには同意し、早川が持ってきた小さな琴を両手で抱えた。二つの爪《つめ》は、そうっとジャケットのポケットに入れる。龍村は森の母親の琴を片手で持ち、もう一方の手でランタンを提げた。

「じゃ、行くか」

「はい。龍村先生、お琴の先、扉にぶつけないように気をつけて」

「おう、任せとけ」

龍村と敏生は、それぞれ大切そうに琴を抱え、慎重に物置を出て母屋に戻った。とりあえずは二つの琴をこの家で唯一の和室である客間に運び入れ、座卓の上に載せる。自然と人間のほうは、卓を挟んで畳の上に座ることになった。

「さて、琴は無事発見されたが、ここからはどうしたものかな。……と、琴平君？」

龍村は敏生が何やら考え込んでいる様子なのを見て取り、口を噤《つぐ》んだ。敏生はやけにきちんと正座して、赤茶けた色の竹の一弦琴《いちげんきん》を自分の前に置いた。そして、両手を琴の表面に軽く触れさせ、じっと目をつぶった。それはまるで、その琴だけが森の行方を教えてくれるセンサーでもあるかのような……そして、琴に語りかけ、森の行方を問いかけているかのような仕草だった。いつもは幼い顔が今は急に大人びて見え、微笑《ほほえ》みを絶やさない唇も、固く引き結ばれている。

（琴平君……。凄《すさ》まじい集中力だな。こういう場面で僕にできることは、黙って座っているだけか……）

必死で精神統一をしようとしている敏生を、龍村は息をするのも憚《はばか》られるような気持ちを味わいつつ、見守っていた。つい一緒になって力んでしまい、腿《もも》の上に置いた両手を、固く握りしめている。

「…………鳴らして……いいのかな……？」

囁《ささや》き声《ごえ》でそう言って、敏生はそっと目を開いた。それが自分に向けられた言葉ではなく、琴への問いかけであることを見て取り、龍村は無言のまま目を剝《む》いた。敏生は不安げに龍村を見て、やはり小さな声で言った。

「よくわかんないけど……この琴、鳴らしてほしがってるような気がします。だけど僕、何をどうやればいいのか……」

「ぼ、僕にだって、琴の弾き方なんぞわからんさ。だが、とにかくその、何だ。楽器である以上、その弦をその爪《つめ》で弾《はじ》くしかあるまいよ」

「……です……よね」

　敏生は戸惑いつつも、ポケットから一対の爪《つめ》を出した。おそらくきちんと演奏するにはその両方を使うのだろうが、敏生には、どちらをどの指にはめればいいかすらわからない。だから彼は、小さいほうの……三センチ足らずの長さしかない爪を、右手の人差し指にはめてみた。太さ的に、その指がいちばんしっくりするのである。

「ごめん。僕、チューニングも弾き方も全然わからないけど、とりあえず音を出してみるね。天本さんが、せっかく鳴るように修理してくれたんだもん、音、出したいよね。喋《しゃべ》りたいよね……」

　敏生はテーブルの端まで琴を引き寄せ、そしてピンと張ったただ一本の弦に、爪の切り口の尖《とが》った部分を当てた。

「ベトナムで一弦琴《いちげんきん》を弾いてる人を見たことがあるんですけど、道具も弾き方も全然違うっぽいなあ。……滅茶苦茶《めちゃくちゃ》だけど、とりあえず音だけでも出してみます」

　龍村も卓越しに身を乗り出した姿勢で、深く頷《うなず》く。敏生は思いきって、硬い爪の先で弦の中央あたりを弾《はじ》いてみた。

　びいぃ……ん……。

　予想していたより、低く豊かな音が出た。だが、怖々弾いたせいか、音は小さく、いかにも頼りない。敏生は、弾く場所をあちこち変えてみた。するとどうやら、棒が刺さっているほうではなく、小さな穴の手前の、森が小さな木片を削って即席で作ったらしい琴柱《ことじ》の近くを弾《はじ》くと、いちばんしっかりした音が出るようだった。

ビィン……ビーン……ビイィイィン！

敏生は次第に自信を持って、しっかりと爪《つめ》を保持し、強く弦を弾いていた。洋楽器でいうところの「レ」に似た音が、室内に響き渡る。龍村は、その美しい音色にほれぼれと耳を傾けた。こんな小さくて簡素な楽器からこれほど力強い音が出ることを、彼は予想だにしなかったのだ。

だが次の瞬間、龍村は夢見心地からあっさりと引き戻された。延々と音を出しながら、敏生が鋭い声でこう言ったのだ。

「龍村先生、電気、電気消してください！　何か……気配が」

「……え？　お、おう、わかった」

龍村は立ち上がり、部屋の照明を落とす。室内は闇《やみ》に沈んだが、敏生は構わず手探りで目の前の弦を弾き続ける。

……と。

「天本さん……！」

敏生は震える声で呼びかけた。壁際《かべぎわ》に立ったまま、龍村も息を呑《の》んだ。暗い和室の床の間の前あたりに、ぼんやりと白い霧のようなものが見えたのである。そしてそれは、すぐに人の姿となった。……それも、敏生と龍村が捜し続けている森の姿に。

しかしその森の姿は、まるで壁に映した映画のように薄かった。掛け軸が、森の身体《からだ》の向こうに透けて見えている。森は、ジーンズの上に着物らしきものを羽織った、奇妙な服装をしていた。

「天本！」

「天本さん、天本さんッ」

龍村と敏生は、必死で森に呼びかけた。向こうからも、敏生の姿が見えるらしい。森は驚いた顔で、敏生を凝視している。だが、その唇は動いているのに、声は聞こえてこなかった。

「天本さん、今どこで何して……あッ」

敏生は森にまろびより、その身体に触れようとした。だが、敏生の手は無情にも森の身体を突き抜け、空《くう》を摑《つか》む。そして、琴の音の余韻が消えるのと同時に、森の姿もすうっと消滅してしまう。

しばらく呆然《ぼうぜん》としていた敏生は、また琴のほうに這《は》い戻《もど》った。

「音……！　音が会わせてくれたんだ、音がっ」

敏生の指が、狂ったように弦を弾《はじ》く。だが、震える指先は何度も弦を弾き損ね、本体に当たった爪《つめ》が、ゴツンと鋭い音をたてた。闇《やみ》の中に氾濫《はんらん》する乱れた音と敏生の激しい息づかいも空《むな》しく、森の姿は、それきり現れる気配を見せない。

「琴平君。琴平君、もういい。やめるんだ」

龍村はたまりかねて、敏生の手首を摑《つか》んだ。だがそれを乱暴に振《ふ》り解《ほど》き、敏生はまだ琴を弾き続けようとする。

「だって、だって天本さんが！」

「無理だ。素人《しろうと》の僕にだってわかる。そんなに乱れた気持ちでいくら弾いたって、この琴は君に応《こた》えてはくれない」

「だけど天本さんが……天本さんがいたんですよ、そこに！」

「わかってる。僕にも見えた。……だが今はもう弾くのをやめるんだ、琴平君。そんなに滅茶苦茶《めちゃくちゃ》に弾いて琴を壊してしまったら、二度と天本に会えなくなっちまうぞ」

龍村は背後から、暴れる敏生を強引に抱きすくめ、琴から引き離した。太い腕に万力のような力で縛《いまし》められ、敏生は闇《やみ》の中で手足をばたつかせ、しゃくり上げた。調子外れの琴の音の余韻が、ゆっくりと部屋に吸収され、消えていく。部屋は沈黙に包まれた。

やがて龍村は、敏生を抱いたままで言った。

「琴平君、僕にも確かに見えた。あれは天本だ。あいつにも君が見えてた。驚いた顔をしてたもんな……な？」

敏生はこくりと頷《うなず》いた。その手が、ダラリと畳に落ちる。もう敏生が暴れないと判断し

て、龍村はそっと敏生から離れた。立っていって、パチリと灯《あか》りをつける。

敏生は、さっき森の幻影が現れたあたりへ這《は》っていった。畳を手のひらで何度も撫《な》で、深い溜《た》め息《いき》をつく。もう泣かないと誓ったばかりなのに、涙がポタリと畳の上に落ちた。

「天本さんまで、幻になっちゃった……。でも、僕のこと見てくれましたよね。僕たちがここで捜してること、きっとわかってくれましたよね?」

「ああ、きっと伝わったさ。それに、あいつが無事なこともわかった。……それだけでも、大きな前進だ」

敏生はキッと顔を上げ、さっきまで自分がかき鳴らしていた小さな一弦琴《いちげんきん》を見た。

「さっき……琴の音を聞いてるうちに、どんどん心が澄んでいくような気がしたんです。音に気持ちが入っていくっていうか……。それで、天本さんのことを思いながら音を鳴らしてたら……姿が見えたんです」

龍村は、腕組みして考え込みながら、ううむ、と唸《うな》った。

「うむ。確かにこの琴の音が、僕らに天本の姿を見せてくれたように僕にも感じられた。音が消えた途端、あいつの姿も消えたしな」

敏生はこくこくと頷《うなず》く。

「君が恐ろしいくらい琴の音に気持ちを集中させて、天本を全身全霊で想《おも》ったとき……あいつの姿が見えたんだ。そして、あいつからも僕らが見えたということは、その、何だ……？」

「天本さんはたぶん、どこか他の世界……術者の人たちが『異界』って呼ぶところにいるんです」

「異界……か。僕も少々そっちの世界に慣れたつもりだが、そりゃアレだな、この世界と物凄《ものすご》く近いところにあったり、時々この世界とちょっとくっついてる違う世界のことだろ？」

「ええ。この世界ととても近いけど、どこか違う世界。……人間の世界は最近明るく騒がしくなりすぎて、妖《あやか》したちは異界に逃げ込んでそこで暮らしていることが多いんです」

「なるほどなあ。……天本がそういうところにいるってことは、きっと小一郎もあいつと一緒にいるんだろう。そして……」

敏生は再び琴の前に座して、しかし今は音を出そうとはせず、じっとその表面に彫られた二羽の鶏《にわとり》を見下ろした。

「この琴が、二つの世界を繋《つな》ぐ働きをしているように、僕には感じられました」

「なるほど。この琴で音を出すことによって、どこか他の世界への扉がその場に開く……と」

「ええ。天本さん、お琴を修理して、そしてきっとお母さんのことを思いながら、心を込めて弾いたんだろうと思うんです。そのせいで、何かの拍子に向こうの世界へ引き込まれちゃったんだ。だから、同じことを僕ができれば、きっと天本さんと小一郎を連れ戻せるんじゃないかって」

龍村は、難しい顔で天井を仰いだ。

「だがそれには精神統一して、強い気持ちを込めて弾くことが必要みたいだな」

「ええ。だったら、天本さんが今いるところと、宿のお客さんたちや河合さんが見たっていうあの目隠しした女の人の幻も、関係があるのかな」

「ううむ。こりゃ、いろいろ考えることができてきたな」

敏生は頷《うなず》いた。そして、もう一度試してみるべくきちんと正座し直し、右手に握りしめていた爪《つめ》を、人差し指にはめようとした。

しかし龍村は、敏生の右手に自分の大きな手を重ね、それを制した。

「待て。あれだけ集中した状態をもう一度構築して、しかも維持するのは、今の君には無理だ」

「でも……！」

「急《せ》いては事をし損じる、という先人の言葉もある。君、旅行から帰ってきてずっと動きっぱなしなんだろう。昨夜《ゆうべ》は完徹か？」

敏生は決まり悪そうに頷く。龍村は、その指から爪を抜き取り、琴の前にコトリと置いた。

「そのくせ、飛行機の中でもタクシーの中でも、少しも眠っていなかったじゃないか。……今そんな無理をすると、肝心なときに倒れる羽目になっちまうぞ」

「でも……」

まだ渋る敏生の肩を、龍村は諫《いさ》めるように叩《たた》いた。

「何か軽く食って、風呂《ふろ》に入って、少し眠るんだ。そうして身体《からだ》を休めてから、もう一度気持ちを立て直してチャレンジしよう」

「龍村先生……」

「ほんの短い時間とはいえ、あいつは君の顔を見たんだ。何があったって、それであいつはまだまだ踏ん張れるさ。僕たちが寝ているあいだに、あいつも何かこっちに戻ってくる手だてを考えつくかもしれん。……な?」

敏生はもう一度、琴を見た。さっき見た森の顔が、脳裏に何度も浮かんでは消える。森のとりあえず元気そうな姿を、幻でも見ることができたことで、敏生はほんの少し安堵《あんど》していた。だがそれと同時に、不安と焦《あせ》りもずっと強くなっている。本心を言えば、疲れようが倒れようが、今すぐもう一度森の姿を見て、今度こそ話ができるまで、琴を鳴らし続けたかった。

(だけど……。それじゃ駄目なのは、僕だってわかってる)

敏生は唇をギュッと嚙《か》みしめた。

これから、まだ考えるべきこともやるべきこともたくさんあるのだ。今は緊張と興奮のせいでいくらでも頑張れるような気がするが、そうでなくても半精霊《はんせいれい》の敏生の身体《からだ》は、普通の人間より持久力に欠ける。龍村の言うとおり、体力と気力を回復させ、万全の状態で再チャレンジすべきだろう。そう心を決めて、敏生は立ち上がった。

「出前でも取りましょうか。ピザならまだ余裕で来てくれる時間だし。あ、それとお風呂《ふろ》溜《た》めてきます。僕だけじゃなくて、僕のせいで龍村先生だって睡眠不足でしょう？　お風呂の用意ができるまで、ソファーでビールでも飲んで、ゆっくりしててください」

まだ涙の跡が残る頰《ほお》をゴシゴシ拭《ふ》きながら、敏生は客間を出ていった。やがて、居間のほうから出前の電話をかける敏生の声が聞こえてくる。

龍村は、ホロリと苦く笑って、森の幻が見えた床の間のほうに向かって呟《つぶや》いた。

「やれやれ、琴平君も立ち直りが早くなったなあ、天本よ。よその子は知らないあいだに大きくなっているとよく言うが、まったくだ。僕がちょっとした健康管理さえしてやれば、彼がきっと立派にお前と式神《しきがみ》君をこの上に連れ戻してくれるだろう。……もう少しの辛抱だ、そっちでも頑張れよ、天本、小一郎」

＊　　　＊

早月《さつき》の住《す》み処《か》は、大樹から少し離れた場所にあった。鬱蒼《うっそう》とした木立の中に小さな池があり、その畔《ほとり》に簡素な小屋が掛けられていた。

「ここは……。主殿《あるじどの》、何か強い力を感じまする。この力は、あの女が……？」

小一郎は小屋の手前で、野性的な顔に警戒の色を強めた。森は、小屋へと向かう早月の背中を見遣《みや》り、低い声で言った。

「ちょうどこの池が、地の気が最強になっているポイントのようだ。その気が周囲に放射され、ちょうど天然の結界のような働きを果たしているんだな。……それがお前の妖《あやか》しの力がここでは弱められている理由だろう。だが、とりあえず害はないようだ。行こう」

森は、小屋のほうへ歩いていった。池に近づくにつれ、少しうなじがピリッとする感覚はあるが、さほど強い刺激ではない。小一郎も、不快げに顔を歪《ゆが》めつつ、その後に続いた。

「どうぞ、お入りくださいませ。あばら屋で驚かれたかもしれませんが」

早月はガタガタと重そうに引き戸を開け、二人のほうへ顔を向けた。森は小一郎に目配せし、家の中へ向かう。小一郎も、周囲に警戒の目を走らせてから、家に入った。

小屋の中は、極めて暗かった。小さな窓が一つきりしかなく、しかももともと外が暗いため、そこから入る光はごくわずかなのである。闇《やみ》より少し明るい程度のその部屋で、早月は器用に草履《ぞうり》を脱ぎ、低い段を上がって一つしかない部屋に入った。

「どうぞ。何もありませんが、上がってお休みください」

森と小一郎は、勧められるままに靴とびしょ濡《ぬ》れの靴下を脱ぎ、大木の幹を削っただけの簡素な段を踏んで部屋に上がった。狭い部屋は板敷きで、裸足《はだし》の足の裏にすべすべした感触が心地よかった。おそらく、綺麗《きれい》に拭《ふ》き込《こ》まれているのだろう。わずかな光でも、床に光沢があることがわかる。

部屋の中には、炉が切られていなかった。家具は、粗末な長持が一つあるだけで、あとは部屋の隅に布団《ふとん》が積んである以外、何も見あたらない。森と小一郎は、窓に近いところに腰を下ろした。

「主殿《あるじどの》、お寒くはございませんか」

小一郎は、森の身体《からだ》を気遣って訊《たず》ねた。だが森がそれに答えるより早く、早月が言った。

「お許しくださいませ。私はこのとおり目が見えませんので、この家には灯《あか》りがございません。……それに……お身体を暖めて差し上げたくても、ここには火がないのです」

「灯りがないはともかく、火がないとはどういうことだ。人間が、火なしに生きることなど、とてもできまいが」

小一郎は早月の言葉を聞《き》き咎《とが》める。早月はそれには答えず、長持から女物の着物を何枚か出して、二人の前に置いた。もう目が見えなくなって長いのだろう。勘で動いているらしくはあったが、その動きには危なげがなかった。

「私のもので申し訳ありませんが、よろしければこちらをしばらくお召しになっていてください。いったん濡《ぬ》れたお着物は、ここではなかなか乾きません。私には見えませんから、どうぞ」

「……主殿《あるじどの》」

小一郎は、すかさず森のほうに二人分の着物を押しやった。妖魔《ようま》の小一郎は、寒さを感じることはない。だが森は、まだインフルエンザが治りきっていないのだ。濡れた服をいつまでも着ていれば、そのうち体調を崩してしまうだろう。

「では、お言葉に甘えて失礼します」

森はボソリと言って、早月に背を向けた。いくら彼女がみずから「目が見えない」と明言し、実際目を布切れで覆っているといっても、女性の前で服をすべて脱ぎ捨てるわけにはいかない。彼は少し考えた後、結局上半身だけ服を脱ぎ、それをガラスの塡《は》まっていない切りっぱなしの窓に引っかけておいた。せめて外気に触れたほうが、少しは乾きが早いだろうと思ったのだ。それから彼は、手触りのいい女物の着物を二枚重ねて羽織った。どちらも暗すぎて色合いはよくわからないが、濃い色の小紋のようだった。

「ずいぶんと背が高くていらっしゃるのでしょう？　お声が上の方から聞こえましたもの。……小さすぎますか？」

早月は、衣擦《きぬず》れの音で森が着替えていることを知ったのだろう、そう訊《たず》ねてきた。森は着物に袖《そで》を通してみた。無論、裄《ゆき》が短くて五分袖《ごぶそで》の奇妙なガウンのようにしかならなかったが、それでも乾いた服を身につけて、身体《からだ》がかなり暖かくなった気がした。

「大丈夫です。雨が避けられて、乾いた服を貸していただき、それだけでかなり救われた気分ですよ。……だが、我々が本当に求めているのはそれではない。おわかりでしょう」

森の冷徹な声に、早月は小さく頷《うなず》いた。そして、白い焼き物の碗《わん》を、二人の前に一つずつ置いて、きちんと正座した。

「これは?」

森は碗の中になみなみと湛《たた》えられた透明な液体を見下ろして問いかけた。早月は言った。

「温かいものでも差し上げたいのですけれど、火がないのでそれもかないません。せめて、主様《ぬしさま》が以前お持ちになったお酒の残りでもお召しになって、お身体を暖めてください」

「……ありがとう。助かります」

森は早月の前にやはり正座し、小一郎は森の傍《かたわ》らに片膝《かたひざ》をついて畏《かしこ》まった。早月が何か不自然な振る舞いをすれば、すぐに飛びかかるつもりなのだろう。いくら妖《あやか》しの力が減じられているといっても、その反射神経のよさに変わりはない。

森は少し考えてから、こう切り出した。

「ここはどう考えても異様な世界だ。あなたはここに、あなたひとりしか住んでいないと言った。本当に、他には誰も？」

早月は、あっさりと答える。

「ええ。主様《ぬしさま》はそう言っておいででした。よほどのことがない限り、ここに他の人間が迷い込むことはないだろうと。実際、主様の他にお目に掛かったのは、あなたがたが初めてです」

「……また主様、か……。だが先に他のことを訊《き》かせてください。あなたはこう言った。ここは雨が止《や》まない世界。そして、火のない世界。だが、あなたは人間だ。ここで生まれ育ったとは俺には思えない。違いますか？」

早月は、紅を引かない淡い桃色の唇に綺麗《きれい》な笑みを浮かべた。布で無造作に覆われた目もきっと美しいに違いない……見る者にそう思わせずにはおかない微笑だった。

「このようなところにひとりで暮らしている目の見えない女を見れば、化け物だと思われても仕方がありません。……あるいはもう、私は人でないものになっているのかもしれません。けれど、私は元は出雲《いずも》の国……松江《まつえ》の生まれです。幼い頃は、そこで育ちました。主様にここに連れてこられる前に住んでおりましたのは、東京です」

「では何故《なぜ》ここに。……いや、さっきあなたは仰《おっしゃ》った。『主様』があなたをここに連れてきたと。それは何故《なぜ》です。そしてその『主様《ぬしさま》』というのはいったい……」

森はふと口を噤《つぐ》み、そして険しい顔で眉間《みけん》を押さえた。

「失礼、質問があまりにも煩雑になってしまった。わからないことばかりで、俺は酷《ひど》く混乱しているようです」

早月は、そんな森を労《いたわ》るように言った。

「お気になさらないで。私がお話しいたします。……初めから今日までのことを、すべて。お耳触りかもしれませんが、お聞きになってくださいますか」

「是非。そのうえで、今度はもう少しまともな質問をするようにします。……どうか」

森は素直に降参し、碗《わん》に手を伸ばした。ほんの小量、透明な酒を口に含んでみる。辛口の酒だった。決して旨《うま》いとは思えなかったが、確かに身体《からだ》を中から温めるには最適だろう。

早月は両手を揃《そろ》えて膝《ひざ》に置き、そして語り始めた。

「先ほども申しましたが、私は松江で武士の娘として生まれました。父はもともと松江藩の家臣でしたが、ご維新の後は刀を捨て、商売を始めました。けれど武士の商いなど、そう上手《うま》くいくものではありません。暮らしはほどなく行き詰まり……父は失意のうちに病死しました。私が十五の年でした。残された私と母は、父と不仲で家を出ていた兄を頼り、東京へ上りました。けれども兄は松江にいた頃と違い、すっかり身を持ち崩してしまっており……私たちを養うどころか、博打《ばくち》とお酒に明け暮れる酷《ひど》い有り様でした。母は貧しさと落胆のせいで病に倒れ、ほどなく亡《な》くなりました。そして私は、やがて兄の作った借金のせいで……おわかりでしょう」

森はほんの少しずつ酒を飲み下しながら、ボソリと言った。

「吉原《よしわら》……ですか」

小一郎は、それは何かと問いたげに森を見たが、主《あるじ》に質問することは憚《はばか》られて、無言のまま早月に視線を戻した。早月は、森の言葉に悪びれず頷《うなず》いた。

「ええ。兄が賭事《かけごと》に負けて重ねた借金は、私が仕立てや繕い物をして稼いだお金では、とても返せるような額面ではなかったのです。私は実の兄に売られて、吉原の遊女になりました。皮肉なものです。武家の娘のたしなみとして習ったお琴や舞が、遊郭のような場所でもそれなりに役に立ちました。……一年ほど経《た》った頃、兄が酔った挙げ句の喧嘩《けんか》で死んだと聞かされました。とうとう私は、天涯孤独の身になってしまったのです」

早月は、そっと目元を覆う布に触れた。その指先がわずかに震えているのを見て、森は気遣わしげに声を掛ける。

「……目が痛むのですか？」

早月は、いいえと小さな声で答えた。

「もう、古い、古い傷ですもの。痛みはしません。……けれど、思い出をお話しするときはいつも、甦《よみがえ》ってくるような気がするのです。あの刃《やいば》の冷たさが」

「刃?」

穏やかならぬ言葉に、森は尖《とが》った声を上げる。早月は俯《うつむ》いて、少し沈んだ声で続けた。森の背後の窓からは絶えず雨音が入り込み、早月の落ち着いた声と混ざり合う。

「ある夜、思ってもみないことが起こったのです。お馴染《なじ》みの客のひとりに……私は突然無理心中を迫られました。何があったのかは存じません。けれどいきなり、一緒に死のうと言って、短刀を抜いて斬《き》りかかってきたのです。脱ぎかけの着物が邪魔をして、私は逃げられませんでした。部屋の隅へ追い詰められて、男が滅茶苦茶《めちゃくちゃ》に振り回した刀の切っ先が、とうとう私の顔を……私の両の目を、頬《ほお》を、額を切り裂いたのです。私が最後に見たものは、鬼のような男の顔と、そしてギラギラ光る刃でした。……私は痛みと恐ろしさに気を失い、次に意識を取り戻したときは、もう永遠の闇《やみ》の中でした。私の悲鳴を聞きつけて人が入ってきたときは、私は血まみれの畳の上に倒れ、男は自分の首を切り裂いて、事切れていたそうです」

森は痛ましげに早月の顔を見た。彼はようやく、彼女が目だけでなく、頬の上部から額の半ばまでをすっぽり布で覆い隠している理由を知ったのだった。おそらく彼女の顔には、深く長い刀傷が残っているのだろう。失った両方の眼球と酷《むご》たらしい傷跡を隠すため、彼女は生涯その布を外せない宿命を負ったのだ。

「それで……どうなったんです」

「それ以前は……私の顔を美しいと言ってくださる方もおられました。けれど、盲目の、顔を出すこともかなわぬ遊女など、もはや誰も贔屓《ひいき》にはしてくださらないだろうと……私は野へ放《ほう》り出《だ》されて、今度こそ飢えて死ぬのだと覚悟をいたしました。けれど、そんなときにも……母の形見が私を助けてくれました」

「お母さんの……形見？」

「はい。母は、一弦琴《いちげんきん》がたいそう上手でした」

（一弦琴だと……！）

森はハッとした。小一郎も、その吊《つ》り上《あ》がった目に鋭さを増す。

「私も幼い頃から、母に一弦琴を教わったものです。……目が見えなくなって、舞も舞えず、大きなお琴も思うように弾けなくなりましたけれど、一弦琴だけは必死で稽古《けいこ》して、どうにか見えていた頃と同じに弾けるようになりました。……盲目で一弦琴を弾く遊女と、普通の遊びに飽きた風流な方々の噂《うわさ》になり、私はどうにか遊郭を追い出されることなく、生き延びることができました。生きる望みも目的もありませんでしたけれど、それでも私、死ぬのは怖かったのです。お笑いになりますか？」

「まさか。その気持ちはわかります。俺も……かつてはそうでした。人は、希望をなくしても、すべてに絶望していても、生き続けていれば何かが変わるかもしれないという心の奥底に潜む光を捨てきれないものです。俺は……それを知っています」

森は感情を押し殺し、平板に言った。霞波《かなみ》が死んでから敏生と出会うまでの自分の姿が、冷たく凍りつきながら暖かな日だまりを求めていた自分の心が、森の脳裏には去来していた。

微妙な気配を感じ取ったのか、早月は小首を傾《かし》げて森のほうに顔を向けたが、しかしそれ以上追及することはせず、こう言った。

「そんなふうに二年ほどが過ぎ、私が二十歳《はたち》のとき、あの方が通ってこられるようになったのです」

「あなたが仰《おっしゃ》る、『主様《ぬしさま》』のこと……ですか？」

ひとまずは早月の話をすべて聞くことにして、森はすぐにでも一弦琴《いちげんきん》のことを訊《たず》ねたい気持ちをぐっと抑えた。早月は小さく頷《うなず》いた。

「ええ。初めてお会いしたときのことは、今も忘れられません。一弦琴を聞かせてくれと仰って、何曲も何曲もご所望になりました。ご自分でもお弾きになりましたが、これが同じ琴から出る音かと耳を疑うほど美しい音色でした。琴に合わせてお歌いになると、それはよく伸びて心に沁《し》みるような……素晴らしいお声でした。お身体《からだ》が氷のように冷たかったことも、強く心に残りました。……ほかの者が言うには、お顔もとても若々しく、美しかったそうです。仕立てのいい洋服をお召しで、きっと良家の道楽息子に違いないと、皆が噂《うわさ》しておりました」

　遠い日を思い出すように、早月はそこで言葉を切った。じっと、板葺《いたぶ》きの屋根を叩《たた》く雨の音に耳を澄ませる。やがて彼女は、再び口を開いた。

「あの方が来られるのは、いつも決まってこんな激しい雨の夜でした。お供も連れず、俥《くるま》にも乗らず、傘も差さずにいらっしゃるので、いつもびっしょり濡《ぬ》れそぼっておられました。私はいつも、手拭《てぬぐ》いであの方を拭《ふ》いて差し上げました。長い、指に吸いつくような御《お》髪《ぐし》をしておられました。それからやはり、私の身体《からだ》まで凍りつくような、冷たい滑らかな肌を。……あの方はいつも琴をお楽しみになり、私を抱き……けれどどんなに引き留めても、夜明け前、雨が止《や》まぬうちにお帰りになってしまわれました。幾度通ってくださっても、お名前もお住まいも明かしてはくださいませんでした……。そう申し上げると、いかにもつれないようにお思いになるかもしれませんが、そうではなく……本当にもったいないほど優しくしていただいたのです」

　そんな日々を重ねるうち、早月はいつしか男の訪れを心待ちにするようになった。自分は金で買われる身なのだから、本気になってはいけない。そう自分に言い聞かせても、男に惹《ひ》かれていく自分を抑えることはできなかった。毎日目を覚ますと、彼女は永劫《えいごう》の闇《やみ》の中で耳を澄ませた。雨音が聞こえると、男の訪れを期待して胸が高鳴った……。

　あるとき早月は好奇心を抑えかねて、何故《なぜ》雨の夜だけしか来てくれないのか、何故朝までいてくれないのかと訊《たず》ねてみた。すると男は、言葉少なに答えた。太陽の光は好きではない。雨と闇《やみ》が、彼には心地よいのだと。

また彼女は、名を教えてくれとせがんだ。だが男は、名乗る名はないと言った。男の声にはそれ以上の質問を許さない厳しさがあり、早月はおとなしく口を噤《つぐ》むしかなかった。

雨が降るたび来てくれればそれでいい。ともに琴を弾き、歌い、そして抱き合う夜を過ごせればいい。男の素性も家庭も知らなくていい。ただ、遊郭の狭い部屋で過ごすひとときだけ、男の妻でいられればいい。早月はそんなふうに思おうとしていた。


「けれどある夜、あの方が仰《おつしや》ったのです。初めは琴の音に興を覚えて通い始めたが、今はお前が心底愛《いと》しくなったと。私は耳を疑いました。私のほうはあの方を心からお慕いしておりましたけれど、あの方はきっと私のことを、少しばかり一弦琴《いちげんきん》の弾ける女郎としか見ておられないと思っておりましたから。……けれどあの方は私の手を取り、こう仰いました。雨の夜に通ってくるだけでは足りぬ、いつも手元に置き、妻にしたい。……天にも昇る心地でした」

その夜のことを思い出したのか、早月の半ば布に隠された頬《ほお》に微笑が浮かぶ。声にも、華やいだ調子があった。

「喜ぶ私に、あの方は仰いました。お前を連れ出す前に、言っておかなくてはならないことがある。わたしは人ならぬ身、人が妖《あやか》しと呼ぶ、夜に生きる者なのだと。……うすうす勘づいておりました。あの方のお身体《からだ》の冷たさは人のものとは思えませんでしたし、お帰りになった後、床《とこ》の上にいつも鱗《うろこ》が何枚か落ちておりましたから。あの方に、自分は年を経て妖力《ようりょく》を得た白蛇だと聞かされても、驚きはしませんでした」

「蛇の化身……なるほど、蛇は昔から、水神の使いという。雨を好み、火を嫌うのも頷《うなず》ける」

　森の言葉に、早月は頷いた。

「あの方はこうも言われました。わたしと一緒になるなら、お前は生涯日が照らず、雨が止《や》まない場所に住まなくてはならないと。……けれど、それが何でしょう。太陽が昇ろうが沈もうが、私はいつも闇《やみ》の中に生きているのです。それに、あの方が人であろうと蛇であろうと、私にはどうでもいいことでした。私を愛《いと》しいと言ってくださるそのお心が嬉《うれ》しかったのですから。そして私には……あの方が初めて恋《こ》うた方であり、ただひとりの方だったのですから。……私がそう答えますと、あの方は私を抱きしめて、では共に行こう……そう囁《ささや》きました。次の瞬間、私はここにおりました」

　ここは時が止まった、永遠に雨の降り続く森。決して太陽が顔を現すことのない、そして男と早月以外、生きとし生けるものは誰ひとりいない世界。

男は早月にそう告げた。そしてこうも言った。ここにいる限り、人間である早月の時間は止まり、年老いることも死ぬこともないのだと。

早月と男は、異界の森の中で二人きりの暮らしを始めた。男は早月の手に自分の手を添え、竹を削った。そして長い時間をかけ、同じ彫刻を施した二台の一弦琴《いちげんきん》を作り上げた。二人はそれを、互いの真心の証《あかし》として、一台ずつ持つことにした。

二人は飽くことなく琴を並べて合奏し、歌を歌って暮らした。それは、早月が初めて経験する、穏やかで幸せな暮らしだった。

男は定期的に、人間の世界へしばらく戻らなくてはならなかった。

妖《あやか》しには生きやすい世界である異界においても、彼が人の姿を保つにはある程度の妖《よう》力《りょく》が必要である。そしてその妖力は、彼が生まれ育った故郷である井《い》の頭《かしら》の池でのみ、甦《よみがえ》らせることができるのだ。彼は元の白蛇の身体《からだ》に戻り、しばし清らかな水の中でその身を休め、そしてまた人の姿になって早月のもとに戻ってきた。

ひとりで待つのは寂しいから、いっそずっと蛇の姿で傍《そば》にいてほしい。どうせ私にはあなたの姿が見えないのだし、あなたの心を慕っているのだから、どんな姿でもかまわない。早月がそう言うと、男は笑ってこう言った。お前の言葉は嬉《うれ》しいが、蛇の姿では、お前とともに琴を楽しむことができないではないか……と。

人間の世界へ戻るとき、男は必ず自分の一弦琴を携えて出掛けた。異なる世界に身を置いていても、早月が男を想《おも》って琴を弾くと、水底《みなそこ》に横たわる蛇身の男の傍《かたわ》らにある対の琴が、ひとりでに鳴る。美しいその音とともに、琴をつま弾く早月の姿さえ見える。……男はそう言った。また、男は夜にほんのしばらく水から上がっては人の姿に戻り、早月のために琴を奏《かな》でた。その音はひとり待つ早月の琴を歌わせ、男の無事と彼の愛情を早月に知らせた。そんなふうに、二人は離れていても、互いへの気持ちを琴で伝えることができたのである。

「あの方は、人の世に戻ったとき、時折私のためにお土産《みやげ》を買い求めてくださいました。時の止まったこの場所では、飢えも渇きも感じません。欲しいものなど何もありませんでしたが、あの方は着物や櫛《くし》など、私が身につけたり触ったりできるものを探してきてくださいました。最後にここを出ていかれたときも、浅草《あさくさ》あたりでお前のために赤い珊瑚《さんご》のかんざしを探してこよう。そう言っておられました。ここは日の差さない世界だから、赤い珊瑚はたとえお前の目には見えなくても、お前の小さな太陽になってくれるだろう。そんな言葉を残して、あの方は……」

男は、また人間の世界へと出掛けていった。いつものように早月は、時折男と琴の音のやりとりをしながら待った。

だが、あるときから、早月の琴がひとりでに鳴ることはなくなってしまったのである。

男に呼びかけようと、早月は必死で琴を弾いた。だが、男からの答《いら》えはなかった。男の身に何かが起こったに違いない。そう思いつつも、早月には待つよりほか、できることはない。彼女はただひたすら琴を弾き、男のために祈りつつ、男がいつか無事に帰ってくる日を待ち続けていたのだという。

森は深く嘆息した。

「それで、さっきの祠《ほこら》に……?」

「ええ。ここに住むようになったとき、二人であそこに森の神様をお祀《まつ》りしました。……

そして私は、あの方を守ってくださるように、あそこで祈り続けてきました。ここは時が
止まっておりますから、毎日というわけには参りません。思い立ったときに行くのです」

「……なるほど」

森は、胸が鬱《ふさ》ぐのを感じつつ、思いきってこう言った。

「あなたが『彼』と作ったその一弦琴《いちげんきん》を、見せていただけませんか」

早月は頷《うなず》くと、部屋の片隅に置いてあった琴を持ってきた。そして、愛《いと》しげにその表面
を指先で撫《な》でてから、森のほうへ両手で差し出した。

「これです。……私は指でしか感じられませんけれど、立派な彫刻がご覧になれますで
しょう?」

「……ええ……」

森は、窓から入るわずかな光が当たる場所に琴を置いた。小一郎が、唇をへの字に曲げ、森を見る。森は何も言うなと小一郎に目配せして、内心溜《た》め息《いき》をついた。それはまさしく、早川が持ってきたあの竹の一弦琴《いちげんきん》とそっくり同じものだったのだ。

材質は竹で、表面は赤茶けた色をしており、表面には、一つがいの鶏《にわとり》と菊の花と雀《すずめ》の彫刻がある。ただし、これが早川の持ってきた琴と同一のものではないという証拠に、早月の琴は完璧《かんぺき》な状態を保っていた。弦を巻き付けておく転軫《てんじん》は黒い漆塗りに仕上げてあり、琴柱《ことじ》は丁寧に象牙《ぞうげ》を削って作られたものだった。いずれも、森が木片を削って作った即席の部品ではない。弦も、森の母親が使っていたナイロン製の糸ではなく、触ってみたところ、絹のようだった。

（ならば、今俺の家にあるはずのもう一つの一弦琴が……「主様《ぬしさま》」が持っていたはずのものだったということか……ということはもう、その蛇の妖《あやか》しは無事ではいまい）

森は厳しい顔で、目の前の琴を見下ろした。早月が正直にすべてを話してくれた以上、森も自分の胸の内を彼女に語るべきだろう。心の中でそう結論づけて、森は言葉を探しながら早月に話しかけた。

「……俺は、人間の世界でこの琴と同じ琴を見ました。それは……ッ！」

ビイイィ……ン……。

だが、森は言い終えることができずに口を噤《つぐ》んだ。目の前の一弦琴が、触れもしないのに、突然音をたてたのである。

「主殿《あるじどの》、お下がりください！」

小一郎が飛び上がり、森を庇《かば》うように腕を差しのばす。早月も、驚きの表情で身を乗り出した。

「琴が……もしや、主様《ぬしさま》が……？」

ビイイン、ビイィーー……ン……。

ピンと張られた弦は断続的に震え、澄んだ音を響かせる。息を殺して成り行きを見守っていた森は、ハッと息を呑《の》んだ。目の前に、ぼんやりした幻が見え始めたのである。

ビーーーーーーイイィン！

ひときわはっきりした音とともに、幻が半ば透けていながらはっきりした人の姿になったとき……森と小一郎は、同時に驚きの声を上げていた。

「うつけ、うつけではないかッ」

「……敏生……！」

目が合った……と森は確信した。敏生は森を見て、あの大きな鳶色《とびいろ》の瞳《ひとみ》を裂けんばかりに見開き、大きく口を動かしている。自分の名を呼んでいるのだと、唇の動きからわかった。

やがて、音が消えるのと同時に、敏生の姿も消え失《う》せた。小屋の中には、再び雨音だけが響く。

「主殿《あるじどの》……これは、ま、幻でござりまするか！　今、うつけが……うつけの姿が」

小一郎は、板の間を這《は》うようにして、消えた敏生の痕跡《こんせき》を辿《たど》ろうとする。しばらく呆然《ぼうぜん》としていた森は、無言で唇を噛《か》みしめ、両手の指を胸の前で組み合わせている早月に気づいた。その細い身体《からだ》は、傍目《はため》にも明らかに震えている。

その早月の今にも倒れそうな様子に、これまでわからなかったことの多くが、森の中で繫《つな》がった。そうか、と森は口の中で呟《つぶや》き、きちんと座して早月に言った。

「一対の琴の音は共鳴して、この世界と人の世を近づける。俺たちをここに招いてしまったのは……あなただったんですね」

五章　取り残された夢

早月《さつき》は、琴を挟んで森《しん》と向かい合った。

「私の想《おも》いが……とは、いったいどのような……」

その声は、わずかに震えている。森は、静かに言った。

「ようやく、あなたに話すべきことが見えてきました。俺の知っていることも、俺の知らないことも。あなたのお話のおかげです」

「……何かご存じなのですね？　あなたは主様《ぬしさま》のことを、何か。教えてください。どうか、私に何もかも教えてください」

森は頷《うなず》き、琴を持って早月の前に端座した。そしてまずは彼女に詫《わ》びることから、話を始めた。

「先刻は、あなたの素性を疑い、名乗らないままここまで来てしまいました。許してください。俺の名は天本《あまもと》といいます。ここにいるのは……俺の式神《しきがみ》小一郎《こいちろう》、つまりあなたの愛する人と同じ、妖魔《ようま》です」

「妖魔《ようま》……。それに式神《しきがみ》……。あなたは、いったい」

　さすがに驚いた声を上げる早月に、森は簡単に説明した。

「俺は、あなたの知る言葉では……そうですね、陰陽師《おんみようじ》の真似事《まねごと》のような仕事をしています。つまり……人に害を為《な》す妖《あやか》しを退じることを生業《なりわい》にしているのです」

「…………！」

　早月は腰を浮かせ、後ずさろうとした。彼女が初めて露《あらわ》にした警戒心に、小一郎が咄嗟《とつさ》に退路を断とうと立ち上がる。

「座れ、小一郎。……あなたもです。あなたの想《おも》い人《びと》をどうにかしようと思っているなら、わざわざ話をしたりはしません」

「……お聞かせください」

　まだ少しわだかまりを含んだ声で、しかし早月は静かにそう言って座り直した。森は頷《うなず》き、再び口を開く。

「蛇の妖《あやか》し……いや、あなたの想い人が携えていった琴は、今、俺の家にあります」

　森は、早川《はやかわ》が森のもとに一弦琴《いちげんきん》を持ってきた経緯を簡略に語った。そして、その琴が、必要な部品を失い、誰にもそれが琴であることさえ知られず、長年放置されていたことを告げた。

「弦も張られず、ただの板きれとして誰にも顧みられなかったその琴が、毎夜ひとりでに鳴ったのです。……そして、そこに居合わせた者に、琴を弾く、目元を隠した女の幻影を見せた……つまり、あなただ。あなたが想像すらできないほど、今の世の中は騒がしく、忙《せわ》しい。あなたの恋人を想《おも》う気持ちが琴に伝わり、人の世と異界を隔てる壁が薄らぐのは、おそらく室内が暗く静まりかえった深夜だけだったのでしょう」

　早月の両手は、膝《ひざ》の上でぎゅっと握りしめられていた。彼女は躊躇《ためら》いながらも、思いきった口調で森に問いかけた。

「私は、あの方を想ってしょっちゅう琴を弾いておりました。……私の心は、あの琴を鳴らすに足りたのですね？　けれどあの方は……あの方は？」

　森は力なくかぶりを振り、しかしそれでは早月に言いたいことが伝わらないことに気づいて、正しい言葉を選ぼうと努力しながら言った。

「あなたが俺たちを見つけるすぐ前、あなたのこの琴は鳴った。違いますか？」

　森は、彼と早月のあいだに横たわる一弦の琴をじっと見つめて、問いを返した。早月は小さく頷《うなず》き、手探りで琴に触れた。そして、そのピンと張られた弦を、繊細な指先ですうっと撫《な》でた。

「時の止まった世界ですから、もうどれだけあの方を待ったのか、私にはわかりません。けれどずいぶん長いあいだ……この琴は私が触れない限り音をたててくれませんでした。けれど、あなたの仰《おっしゃ》るとおりです。不意に、琴がひとりでに鳴ったのです。あの方が呼びかけてくださったのだと……きっとあの方は、もうすぐ私のもとへ帰ってきてくださるのだと……嬉《うれ》しくて胸が高鳴りました。私は琴を胸に抱き、想《おも》いのすべてを込め、あの方が無事に戻りますようにと祈りました。……そして、森の神様にもお祈りしなくてはと祠《ほこら》に向かい……あなたがたにお会いしたのです。……あっ」

そこまで話して、早月は鋭い声を上げた。何かに気づいたように、両手を口に当てる。

その様子を見て、森は重々しく告げた。

「残念ですが、その琴を鳴らしたのは、俺です」

「……主様《ぬしさま》では……ない……？」

「はい。転軫《てんじん》を失い、琴柱《ことじ》を失い、弦を失って板きれになっていたそれを見て、俺は一弦《いちげん》琴《きん》だと気づきました。俺にとっても、一弦琴は亡《な》き母親の思い出の品です。ボロボロになった一弦琴を見て、痛ましく感じました。元の姿……とまではいかなくても、せめて琴として音を出せるようにしてやりたい。そう思って、俺は小一郎に手伝わせ、母が愛用していた琴を捜し出し、それを見本にして、あなたの想い人の一弦琴を修理しました」

これほど完璧《かんぺき》な姿には戻せませんでしたが、と森は目の前の琴を引き寄せた。そして、弦を軽く爪《つめ》の先で弾《はじ》いてみた。象牙《ぞうげ》の琴柱特有の、ひときわ澄んだ音が鳴る。

「永い眠りから覚めた一弦琴が、弾いてほしいとせがんでいるような気がしました。それで俺は……弾いたのです。この琴と対になった、あの琴を……母の姿を思い起こしながら、一心に。……それが、あなたを惑わせた。俺が琴の音に込めた母への想《おも》いが……あなたの琴を鳴らしてしまった。そしてあなたも、それが愛する人が奏《かな》でた音だと思い込んで、強い念を琴に込めた。それが……二つの世界を繋《つな》ぎ、琴の弾き手を……俺を、この世界に呼び込んでしまったんです」

「……そんな……」

早月は、ガクリと板の間に両手をついた。その細い肩が、激しく震えている。堪《こら》えきれず嗚咽《おえつ》しながら、早月は細い声を絞り出した。

「私は……あなたたちは、あの方が仰《おっしゃ》っていた、何かの拍子で異界に紛れ込んだ気の毒な方々だと……あの方さえお戻りになったら、きっと無事に元の世界へ帰して差し上げられると思っておりました。けれど、あの、では……あの方は……」

「あなたの想い人に何が起こったかは、俺にはわかりません。……ただ、無事ならば、大切な琴があんな無惨《むざん》な姿になることを許しはしなかったでしょう」

「けれど、もしかしたら……」

早月は強い口調で言いかけ、しかしどうしても声に出せずに口ごもってしまった。だが森は、彼女の言いたかったことを正確に察し、即座に否定した。

「心変わりもあり得ない。もし彼が、他にもっと愛すべき女性を見つけ、あなたへの興味を失ったとしたら……この琴は、こうして形を保ってはいられなかったでしょう。強い念のこもった対の琴だ。どちらかが想《おも》いを失えば、双方が木《こ》っ端《ぱ》微塵《みじん》に砕け散ったはずです」

「……なら……」

「あなたの想い人の身に何があったとしても、彼のあなたへの気持ちは少しも揺るがなかったということです。けれど彼自身は……」

「死んだ……そう仰《おっしゃ》るのですか？」

「妖魔《ようま》の死は、人の死とは少し違います。しかし、他の妖魔と争って敗れ、その存在を餌《えき》として相手に取り込まれ、消滅する……という状態を死と表現してもいいでしょう。彼にそういう死が訪れたか、あるいは……」

　さすがの森も、決定的な宣告を下すことを躊躇《ためら》い、唇を閉じてしまう。早月は、手探りで琴に置かれた森の冷たい指に触れた。森が手を引っ込める間もなく、その手を温かな自分の両手でしっかりと握りしめる。森は再び飛び上がった小一郎をもう一方の手で制し、彼女の涙に湿った囁《ささや》きを聞いた。

「お願いです。仰ってください」

　森は深く嘆息して、彼女の手をそっと琴の上に下ろした。そして、低い声で言った。

「言いたくはありませんが、もし何らかの理由で、彼が人間と諍《いさか》いを起こし、妖《あやか》しの本性を人に知られるようなことがあれば……彼は、俺のような生業《なりわい》の者に……術者の手にかかった可能性もあります。その場合、彼は消されたか、あるいは封じられたか……」

「封じる……？」

「土の下か、岩屋の中か……。術者はみずからの力で存在を消し去ることのできない妖《あやか》しを、そういった場所に閉じ込めることがあります。札の力で妖しの力を減じ、その身体《からだ》を縛り……二度とそこから出られないように封印してしまうのです」

「そんな……！」

「いずれにしても、俺は可能性を語っているだけです。彼の身に何が起こったかは、俺にもわかりません。ただ、彼が無事ではないだろうと……それだけが、俺に言えるすべてです」

森は、沈鬱《ちんうつ》な面持ちで目を伏せた。

「……………たとえ心変わりしてしまっていても、ご無事ならいいと……思っていました」

早月は、とうとう床についた両手の上に、顔を伏せてしまった。そのまま、声を殺して啜《すす》り泣《な》き始《はじ》める。

「私のことをお忘れになっても、どこかで健やかにお過ごしなら、それでいいのだと……私のような女のことを、たとえ短いあいだでもこれほど幸せにしてくださった方ですもの。せめてご無事でと……そう願っておりました。ですが今、あなたに、あの方の私を想《おも》ってくださるお気持ちは揺るがなかったのだと聞かされ、それと同時にあの方の身に何かよくないことが起こったのだと知らされ……私の心は千々に引き裂かれるようです」

「……すみません」

何故《なぜ》謝るのかわからないままに、森はそんな早月をただ見つめるしかなかった。妖魔《ようま》を退じる術者である森には、早月を慰める言葉などなかったのである。そして、小一郎もまた、形容しがたい複雑な表情で、泣き続ける早月を凝視していた。

「……因果なものです。目がないばかりか……この永久に閉じた瞼《まぶた》からは、あの方のための涙すら流れはしません……」

床に倒れ伏して嗚咽《おえつ》する哀れな女を、森と小一郎は、ただ無言で見守っていた……。


「……主殿《あるじどの》」

不意に名を呼ばれ、小屋の外の池の畔《ほとり》に立っていた森は、振り向かずに答えた。

「どうした、小一郎」

傘を差している森とは対照的に、小一郎は雨など気にする様子もなく、地面に片膝《かたひざ》をついて答えた。

「あの早月という女、泣き疲れて寝入ったようでございます」

「……そうか」

あれから早月は、いつまでも泣き続けた。森はその嘆きの声を聞くに堪えず、外へ出た。小一郎は、彼女が早まったことをしないようにと、小屋の片隅でじっと見張っていたのである。

「中に入られませぬか。ここはお寒うございましょう」

「いや、もうしばらくここにいる。水面《みなも》を見てると、心が休まる気がするんだ。だが、お前は気にせず家の中にいろ」

「……承知仕《つかまつ》りました」

そう返事はしたものの、小一郎はその場を動く気配を見せない。何か言いたいことがあるのだと察し、森は再び声を掛けた。

「どうした。彼女の話を聞いているときから、ずっと妙な顔をしていたな」

小一郎は無言で立ち上がり、森の傍《かたわ》らに立った。そして、主《あるじ》の端正な横顔を見ながらこう切り出した。

「あの女の話は……まことなのでしょうか」

「俺たちに嘘《うそ》をつく必要もないだろう。というより、彼女の話のどこに引っかかっているんだ」

小一郎は真面目《まじめ》くさった調子で、おずおずと主に問いかけた。

「妖《あやか》しが……人間を……その、愛《いと》しく思う、などということが、まことにあるのでございましょうか。妖しに、そのような……まるで人間が心と呼ぶようなものが、あるのでござりましょうか」

「……そのことか」

森は血の気のない薄い唇に微《かす》かな笑みを浮かべ、忠実な式神《しきがみ》の顔を見た。迷子の小犬のような顔で、小一郎は森を見返す。森は穏やかに言った。

「そういえば、お前はいつも敏生《としき》に、妖魔《ようま》には心などないと嚙《か》みついているな。だが俺にしてみれば、何故《なにゆえ》お前が頑《かたく》なにそう信じているのか、かえって不思議だったよ」

「されど主殿《あるじどの》。妖《あやか》しにそのようなものが……」

「あってはいけないか？」

森は式神に身体《からだ》ごと向き直った。小一郎は、ただ困惑の体《てい》で森の言葉を待っている。

「こういうことは、俺より敏生のほうが説明が上手だと思うが……。俺は、生きとし生けるものすべてに命があると思っている。それが人間であろうと、いや動物であろうと植物であろうと……妖しであろうと」

「草木にも心があるのでござりまするか」

「ああ。植物も、葉をむしられたり枝を折られたりすると恐怖を感じ、毎日優しい言葉を掛けられれば、喜んで葉を茂らせるという。本当だろうと思うよ。何より敏生の母親のことを考えてみろ。蔦《つた》の精霊《せいれい》が人を愛し、そして敏生が生まれた」

「それは……そうでござりまするが。されば、そのような心持ちが、この小一郎にもいつか生じるのでございましょうか。この小一郎にも心があり、愛情、とやらいうものを知る日が……？」

森は深く頷《うなず》いた。

「お前にも、心はある。俺の式《しき》になる前から……お前の表現を借りるなら、闇《やみ》から生じたその瞬間から心はあるんだ。皆、生まれつき心を一つずつ持って生まれてくる。けれど、心は最初から万能ではない。俺たちは皆、それを育てていかなくてはならないんだ」

こういう話は苦手だ、と言いつつも、森はゆっくりと言葉を選びながら話を続けた。

「どんな生き物であっても、最初に持つ感情は、欲望だ。自分の欲するところを満たすため、我々は考え、行動を選択することを覚える。だがそのときの心の中には、自分しかない。そこには他者も環境も何もなく、ただ自分のことだけでいっぱいなんだ。……それきり成長しないのが、お前の知る雑霊《ざつれい》……下等妖魔《ようま》なのさ。ただお互いを喰《く》らい合《あ》い、己の欲を満たすことしか考えない、悲しい生き物だ。だが、お前は……いや、我々は、周囲を見ることを覚える。自分以外にも生き物がいて、そのそれぞれが、各々《おのおの》違った欲望を抱えて生きていることを知る。心の中に、自分以外のものが入り込み……そしてそれらと自分の関係を考えるようになって初めて、心は成長し始める」

森が口を噤《つぐ》んでも、小一郎はしばらく無言で自分の胸に手を当てていた。それは、森の言葉を必死で消化し、自分の心の在《あ》り処《か》を探ろうとしているように見えた。やがて式神は、顔を上げてこう言った。

「以前、うつけめがこの小一郎を『家族』と申したことがございました。そのとき、わけもなくこのあたりが……」

小一郎は、みずからの胸元を手のひらで叩《たた》く。

「このあたりが焼けた鉄のように熱くなりました。それも……心というものが為《な》したことなのでございましょうか」

森はその問いには答えず、小一郎にこう問いかけた。

「正直に答えてみろ。お前は、敏生のことをどう思っている？　出会った頃は、ずいぶんと疎《うと》んじていたようだが」

小一郎は複雑な面持ちで、しばらく口をもぐもぐさせていた。だが彼は、やがてこう答えた。

「以前は……以前は、主殿《あるじどの》のご命令ゆえ、この小一郎の面子《メンツ》に賭《か》けて守らねばならぬ。ただそう思うておりました。……されど今は……」

「今は？」

「あれが機嫌ようしておりますれば、小一郎も愉快になりまする。あれが沈んでおりますれば、気に掛かってなりませぬ。……今は、主殿の命《めい》がたとえなくなりましても、あれを守らねば……いや、守りたいと欲しておりまする」

「一言で言えば、それが『愛情』だよ、小一郎」

小一郎は、今度こそ途方に暮れた顔をする。森は、苦笑いしてそんな小一郎の肩を軽く叩《たた》いた。

「これ以上の話は、敏生に聞いてくれ。俺は文字を売る仕事をしているが、この手の講釈は本当に苦手なんだ。理詰めで説明できないのが心だからな。……だが、これだけは断言できる。お前にも心はあるよ、小一郎。そしてお前は……敏生と出会ったときから、お前の心を飛躍的に成長させ始めたんだ。お前に自覚があろうとなかろうとな」

「心を……成長……」

「ああ。今のお前は、そんじょそこらの人間より遥《はる》かに豊かな心を持っている。……俺はそう思う。そのせいで、お前は以前より多くの迷いを抱《いだ》くことになるだろう。だが、その迷いと向き合うことによって、お前の心はさらに成長する。……たぶん、そういうことなんだ」

「……………」

今まさに「迷って」いるらしき小一郎の素直な表情に、森はしみじみと言った。

「俺は、お前のそういう成長を嬉《うれ》しく感じているよ。……だからお前がいつか、誰か人を愛して一緒になりたいと思うことがあったなら、そのときは正直に言ってくれ。俺はお前を手放す覚悟を……」

「……主殿《あるじどの》！」

小一郎は、弾《はじ》かれたように森の前に跪《ひざまず》いた。そして、必死の形相で訴えた。

「有《あ》り難《がた》きお言葉。……されど小一郎は、この先幾年経《た》ちましても、どのような人間と出会いましても、主殿がいちばんの大事でございます。それは、決して決して、変わりはいたしませぬ。それゆえ、小一郎を手放すなどと、そのような恐ろしきことをお考えになられませぬよう、伏してお願い申し上げまする」

「……やれやれ」

面はゆそうな、しかしどこか嬉《うれ》しそうな笑顔で、森は肩を竦《すく》めた。

「わかった。では、恋愛は俺が死ぬまで待て。どうせお前は俺より長生きするだろう。俺が灰になってからなら、好きにすればいいさ」

「……主殿……僭越《せんえつ》なれど、そのように不吉なことを……」

森の照れ隠しの軽口を、生真面目《きまじめ》な式神《しきがみ》は本気で咎《とが》めようとする。だがそのとき、大きな物音が背後で聞こえ、二人は同時に振り返った。

そこには、半ば開いた扉に縋《すが》って立つ、早月の姿があった。

「琴が！」

早月は的はずれな方向に向かって手招きし、喘《あえ》ぐような声で叫んだ。

「琴が鳴っております。お早く、お早く中へ！」

森と小一郎は、次の瞬間、全速力で小屋に向かって駆け出していた……。

＊　　＊

「……ん……」

眩《まぶ》しい光が閉じた瞼《まぶた》の裏側で躍り、敏生は目を覚ました。片手で目を庇《かば》いながら、ゆっくりと起き上がる。カーテンを引くのを忘れていた窓から、眩しい朝の光がたっぷりと降り注いでいた。

「うわ、もう朝。凄《すご》く寝ちゃった。っていうか僕、いつの間に布団《ふとん》に入ったんだろ」

ベッドサイドの時計を見ると、午前九時を過ぎていた。敏生は慌ててベッドを飛び出し、一階に下りた。

「おう、やっとお目覚めかい？　おはよう。よく眠れたようだな」

龍村《たつむら》は、居間の窓から庭の木々を眺めながらコーヒーを飲んでいた。どうやら、彼も起きてからそう時間が経《た》っていないらしい。まだ、寝間着代わりのジャージ姿だった。

「おはようございます、龍村先生。昨夜《ゆうべ》、僕……」

龍村はニヤリと笑って、台所を指さした。

「まずは、朝飯を食えよ。具合を悪くしていないか？　眠くないとぐずってたわりにバタンキューだったから、ちょっと焦《あせ》ったぞ」

「……あ、やっぱり……」

敏生は龍村について台所に行きながら、決まり悪そうに顔を赤らめた。

昨夜《ゆうべ》は、あれから龍村と交代で風呂《ふろ》を使い、ちょうど届いたピザで夕飯にした。それから、二人で少し居間のソファーでテレビを見た。

龍村は敏生をリラックスさせようとあれこれ話をしたが、敏生はやはり森と小一郎のことが心配で、神経が尖《とが》ったまま少しも眠くならなかった。そこで龍村は、敏生のためにとっておきの寝酒を用意したのである。

それは、森の好きなアイリッシュリキュール、ベイリーズをほんの少しホットミルクに振り入れたものだった。二十歳《はたち》になったとはいえ、酒にはてんで弱い敏生である。この程度のアルコールなら、適度に神経をほぐしてくれるだろうと龍村は踏んだのだ。

しかし。龍村の読みは少々甘かった。あるいは、それだけ疲労が溜《た》まっていたのかもしれない。「美味《おい》しい」と嬉《うれ》しそうに熱い飲み物を啜《すす》っていた敏生は、たちまちソファーにコロンと転がり、眠り込んでしまったのである。

「いやはや、リラックスを通り越して、速攻で爆睡だったぜ。まあ、君を寝かしつけるという本来の目的は達せられたわけで、君をベッドに放《ほう》り込《こ》んでから、僕もぐっすり寝たよ。さっき起きたばかりだ。……頭は痛くないか？」

「大丈夫です。あ、すみません」

龍村がマグカップに注《つ》いでよこしたコーヒーを受け取り、敏生はまだ照れ臭そうに笑った。

「龍村先生とお話ししてて、テレビ番組のクイズの答えを考えてるうちに、いつの間にか目の前がぼやーんとしてきて……で、気が付いたら布団《ふとん》の中で、朝になってました」

「そりゃよかった。くそ甘いが、いい酒だからな。スッキリしたところで、まずは朝飯をしっかり食えよ。それから……」

龍村は、口を噤《つぐ》んで肩を竦《すく》めた。敏生は頷《うなず》き、そして力強い口調で言った。

「それから、もう一度、お琴にチャレンジです。今度こそ、天本さんと話すんだ！」

そして二人は、身支度を整えてから客間に向かった。どうやら龍村は、昨夜《ゆうべ》居間のソファーで眠ったらしい。客間の卓の上には、昨夜とまったく同じ状態で、二台の琴が置かれていた。暖房を入れていないので、室内はひんやりしている。

「さて、始めるか」

「ええ」

二人は襖《ふすま》をきちんと閉め、敏生は竹の一弦琴《いちげんきん》に再び相対した。それに寄り添うように置いてある森の母親の琴に、視線を向ける。

（天本さんのお母さん。……天本さんが帰ってきたら、僕、あなたの話をもっと聞きたいです。でも今は。少しでも天本さんのことを大切に想《おも》っていたなら、僕に力を貸してください。天本さんを無事に連れ戻す、そのための力を……）

目を閉じ、何度か深い呼吸を繰り返す。そうすれば、緊張と不安が少し薄らぐことを、敏生はこれまでの経験から学んでいた。

敏生が目を開くのを見計らい、襖《ふすま》の傍《そば》に胡座《あぐら》をかいた龍村は声を掛けた。

「僕はどうしていればいい？」

「龍村先生は、僕の後ろに。じっとしていてください。……僕の『気』が届く範囲にいてくださったら、天本さんに龍村先生も見えるかも」

「なるほど。では僕は、君の背中を守っていよう」

「……はい」

龍村の軽口に強張《こわば》った笑顔で応《こた》えて、敏生は彫刻のある、竹の一弦琴《いちげんきん》を自分の前に引き寄せた。

「本当は、夜のほうが環境的にはいいと思うんですけど……でも、天本さんのほうの時間の流れがどうなってるのかわからないから、やってみます」

「ああ。肩の力を抜いてな」

敏生は頷《うなず》き、大きく一度肩を上下させた。そして、目をつぶってじっと気を落ち着かせつつ、肌身離さず身につけている胸元の守護珠《しゅごじゅ》に触れた。水晶の球体から放たれる温かな波動が、全身を満たしていくのがわかる。

敏生は、心が十分に静まってから、短い爪《つめ》を右手の人差し指にはめた。そして、昨夜《ゆうべ》と同じように、弦をまずは軽く弾《はじ》いてみた。

びぃん……。

澄んだ音が、部屋に響き渡る。昨夜よりは周囲の状況を冷静に判断できるようになっている敏生には、音に呼応して、部屋の空気が波立つような気配を感じていた。

(……この感じ……。小一郎に連れられて、妖《あやか》しの道を通るときの感じによく似てる)

そんなことを思いつつ、敏生はさらに音を重ねた。

ビイン、ビーィィン……。

音は次第に強い響きを帯びていく。静かな水面《みなも》に小石をいくつも放《ほう》り込《こ》んだように、重なった音の余韻が部屋の空気を波打たせ、時折激しくうねらせる。

(天本さん……! お願い、姿を見せて。お願いですから……)

切ない想《おも》いを込めて、敏生は弦を弾き続ける。

「……会いたい……」

そんな呟《つぶや》きが、敏生の唇《かす》から漏《も》れたとき……。

敏生は背後で、龍村の掠れた驚きの声を聞いた。ハッと琴から視線を上げると、床の間の前に、昨夜《ゆうべ》と同じように……いや、今は周囲が明るいせいで、さらに薄く儚《はかな》げに森が見えた。

「天本さん……！」

「琴平《ことひら》君、音を止めるな。集中を切るな。……昨夜はそれで失敗しただろう」

思わず腰を浮かせかける敏生の耳元に、龍村が鋭い調子で囁《ささや》く。

「……あ……」

その声に我に返った敏生は、畳の上にきちんと正座し直した。そして努めて心を落ち着け、森から目を離さず、慎重に弦を弾《はじ》いた。

ビー…………イン…………！

森の姿はやはり半ば透けて見えた。だが、敏生が最大限の努力をして集中を保ち、澄んだ音を響かせ続けているせいで、昨夜のようにたちまち消えてしまいはしなかった。そして敏生は、森としっかりと視線が合ったのを感じた。

(天本さんにも、僕が見えてる。見えてるんだ)

敏生の胸に、喜びが込み上げる。だが、ここからいったいどうすればいいのか、敏生には見当もつかなかった。

(だけど……どうすればいいんだろう。このまま見合ってるだけじゃ、何も解決しない。でも……これ以上、何をすれば……？)

森も同じことを考えていたのだろう。敏生を見つめ、しばらく難しい顔をしていたが、やがて何かを思いついたらしい。右手をすっと挙げてみせた。その人差し指には、敏生がはめているのと同じ小さな爪《つめ》が見えた。森はそれを、顔の前にかざす。

(天本さん、何を……?)

「……天本の奴《やつ》、君に正しい琴の弾き方を教えようとしてるんじゃないか? こんなときに呑気《のんき》な奴だな」

背後から、龍村が低い声で耳打ちする。敏生は目を見張った。

「あ……そうか!」

「あいつからも君は見えているようだ。やってみせてやれよ」

敏生は頷《うなず》き、森と同じように……爪の尖《とが》った先端が人差し指の手の甲のほうに来るようにクルリと回してみせた。どうやら、龍村の推測が当たっていたらしい。森は薄く微笑して頷き、そして次に琴を弾く仕草をしてみせた。

「……琴を鳴らせって……?」

「そのようだぜ」

敏生は、さっきと同じように弦を鳴らしてみた。森は頷き、そして膝《ひざ》の上に何かをのせた。敏生はあっと小さな声を上げる。それは、自分の手元にあるのと同じような一弦琴《いちげんきん》だった。

（天本さんも……向こうの世界で、お琴持ってるんだ。でも、どうするんだろう……）

森は人差し指を自分の口の前に置いた。そして、次に敏生を指さし、それからその手を耳元に当てた。

「黙って……聞けって言ってる？」

「ああ」

龍村が、こくりと頷《うなず》く。敏生は弦を弾《はじ》くのをやめ、じっと耳を澄ませた。森が、自分の琴の弦を爪《つめ》の先で弾く。それと同時に、敏生の琴が、誰も触れていないのに鳴った。いや、弦が少しも振動していないところをみると、その音は、敏生の琴がたてている音ではないらしい。

ピイイィン……。

「何だ、この音は。どこから来てるんだ？」

龍村は、敏生の傍《かたわ》らに這《は》い寄《よ》り、琴をしげしげと見た。森はもう一度弦を弾く。すると再び、敏生の琴が同じタイミングで音をたてた。

「……あ……。そうか。これ、天本さんが持ってるお琴の音を、まるでスピーカーみたいにこっちに伝えてるんだ。僕が弾いた音が、天本さんにもきっと同じように聞こえてるんですよ」

龍村は、ほうと感嘆の声を上げた。

「なるほど……。だが、あっちとはずいぶん音が違うようだぞ」

「ええ」

敏生は、注意深く森の琴の音に耳を澄ませた。森は、さっき敏生がそうしたように、断続的に音を鳴らし続ける。敏生の琴の音が「レ」ならば、森の琴の音は「ミ」に近かった。音と音の合間に、森は敏生を指さし、そして琴を弾くようなジェスチャーをする。

「僕にも弾けって……？」

敏生は、森の琴の音が消えないうちに、弦を弾《はじ》いてみた。やはり、明らかに音色が違う。二つの音は、共鳴することなく各々《おのおの》勝手に空気を震わせた。

森はかぶりを振り、もう一度音を出してみせた。そして敏生を指さす。

龍村は、ポンと手を打った。

「わかったぞ、琴平君。天本の奴《やつ》、君に……」

「自分と同じ音を出せって、そう言ってるんですね？」

「ああ。僕は琴のことはよくわからんが、弦楽器の原理はどれも一緒だろう。その棒を回して、弦の張りの強さを変えれば、音の高さも変わるはずだ」

龍村は、注意深く森の琴の音を聞き、そして言った。

「あいつの音のほうが高い。ということは、弦を少しきつく張ってやればいい」

「……こう、ですか？」

敏生は、森が作った即席の転軫《てんじん》を、ほんの少し回してみた。それから、弦を弾《はじ》いてみる。

ビーン……。

ピイイン……。

「まだ君のほうが低いな……」

「もうちょっとだけ締めてみますね」

森は、何度も音を鳴らしてみせる。敏生は、固くねじこまれた転軫をギリギリと注意深く回し、そのたびに音を出して確認した。少しずつ、二つの琴の音は近づいていく。

「見ろよ、琴平君」

「……え？　あ、ああっ」

音を合わせることに集中していた敏生は、龍村の声に顔を上げ、目を見張った。森の姿が、さっきよりずっとはっきりと見えている。もう、その背後にあるはずの壁や掛け軸が、ほとんど透けて見えない。敏生の驚きの表情に、森は「わかっただろう？」と言いたげに口元でちらりと笑った。敏生の緊張で強張《こわば》っていた頰《ほお》にも、ようやく微《かす》かな笑みが浮かぶ。

「そっか。二つのお琴の音が共鳴すればするほど、二つの世界が近くなるんだ。世界が近く、壁が薄く……」

その説明に納得したらしく、龍村も鼻息荒く頷《うなず》く。

あまり楽器には慣れ親しんでいない敏生にとって、「音を合わせる」という行為は決して容易なものではない。だが、ピアノを習ったことがある龍村の助けを借りて、敏生の琴の音は、少しずつ森の音に近づき、そしてついに完全に同調した。

ビイィーン……！

敏生は、森の手の動きに合わせ、同時に琴を鳴らしてみた。二つの琴が発する音は、完全に一致した一つの音として、高らかに響く。

「……き……」

そのとき、琴の音に混ざって、微《かす》かな声が聞こえた。龍村と敏生は目を見張る。

「……しき……敏生」

それが森が自分を呼ぶ声だと気づいた瞬間、敏生の見開いた鳶色《とびいろ》の瞳《ひとみ》から、たちまち涙が零《こぼ》れた。

「天本さんっ！　聞こえてます、天本さんの声。僕の声も聞こえてますかっ」

森は微笑して頷き、そして口を開いた。

「ようやく、声が届くところまで近づけたな。君が、俺の言うことを理解してくれてよかった。龍村さんも。まさかあんたが敏生と一緒にいてくれるとは」

「天本さん……」

（いつもの天本さんだ。……天本さんの声だ……！）

嬉《うれ》しい涙が溢《あふ》れて、パタパタと琴の上に落ちる。だがそのとき、森の姿が一瞬薄れた。森は厳しい表情に戻り、こう言った。

「音を絶やすな。気持ちをできるだけ乱さずに、弾き続けるんだ。二つの琴が共鳴しているあいだだけ、世界を隔てる壁が薄くなるようだから」

「あ……はい」

敏生は慌ててきつく張った弦を弾《はじ》いた。喋《しゃべ》りながら、余韻が消えないように注意しなくてはならない。難しい作業だが、やるしかなかった。

「おい、天本。お前いったい、どこにいるんだ？　小一郎は一緒か？」

「ああ。小一郎もここに。俺たちは、異界にいる。……この人と一緒に」

森の声とともに、その傍《かたわ》らにうっそりと小一郎が姿を現した。そして、小一郎に手を引かれた、もうひとりの人物……早月の姿に、敏生と龍村は、再び驚きの声を上げた。

「その女の人……河合《かわい》さんの念写《ねんしゃ》写真の……！」

森は頷《うなず》き、静かに言った。

「俺と小一郎がこの世界に来てしまった事情を、今から手短に話す。音を絶やさないように聞いてくれ。いいな？」

「はいっ」

敏生は、再び緊張の面持ちで頷《うなず》いた。

「そんなことが……。だから、物置に電池の切れたランタンと琴が転がってたってわけか。ううむ」

森が、ここへ来てからの早月の話、そして自分の推測を語り終えた後、最初に声を出したのは龍村だった。敏生は、ただ目を潤ませ、森と小一郎、それに俯《うつむ》いたまま一言も発さない目隠しの女性……早月を見つめていた。

森はこう言った。

「俺たちをこの世界に引き込んだのは、長い年月待ち続けたこの女性の、『夫に会いたい』という強い想《おも》いだ。琴の音に強力な念が合わされば、二つの世界をもう一度近づけ、そちらへ戻ることができると思う。……だが、現状では、こうして話をするのが限界だ。今のままでは、この壁を乗り越えることはできそうにない。……俺が本調子なら、まだ何とかなるかもしれないんだが」

森の表情は、先刻から少し苦しげだった。おそらく、体調が回復しきっていないせいで、琴に念を込め続けることが辛《つら》いのだろう。

「……そんな……。じゃあ、どうしたらいいんですか」

敏生は切なげに森に問いかけた。森の姿は、触れれば体温を感じられそうにはっきり見えている。だが時折、その全身がグニャリと歪《ゆが》み、敏生は、それが幻影であることを否応《いやおう》なしに思い知らされた。

「君が持っているその琴の持ち主の行方を……蛇の身体《からだ》に戻った妖《あやか》しの身に何があったか、調べてくれ。もし彼が今も無事でいて、何らかの事情でこちらに戻ってこられないなら、お互い協力することができるだろう……。もし……」

森は、傍《そば》でじっと彼らの会話に耳を傾けている早月に遠慮して、はっきりした言葉を使うことを避けた。

「いや。とにかく、何でもいい。手がかりを追ってくれないか。……龍村さん、あんたには……迷惑をかけた」

「馬鹿《ばか》、そんなことは無事に帰ってきてから言え」

龍村は、憮然《ぶぜん》とした表情でそう言った。森は素直に頷《うなず》き、そして敏生を見つめて言った。

「ここは時が止まった世界だ。今の俺たちには、時間の感覚がないんだ。だから……何かわかったら、琴を鳴らして君が呼んでくれ、敏生……」

それだけ言い終えて、森は深い息をついた。そして、弦を弾《はじ》き続《つづ》けていた手を、顔の高さまで挙げた。

「天本さん……！」

それが会話の終わりを告げる合図であることに気づき、敏生は思わず大声を上げる。今にも泣き出しそうな敏生の顔を見て森は唇を動かしたが、その声はもう、敏生には届かなかった。はっきり見えていた三人の姿が、みるみる薄れていく。最後の音の余韻が消えると同時に、幻は跡形もなく消えていた。ただそこには、障子越しの光が、畳を柔らかく照らしているだけである。

「……天本さん……」

まだ指に爪《つめ》をはめたまま、敏生は呆然《ぼうぜん》と呟《つぶや》く。一足早く我に返った龍村は、すっくと立ち上がった。そして、まだ座り込んだままの敏生の腕を取り、引っ張って立たせた。

「しっかりしろ、琴平君。まだ気を抜いてる場合じゃない」

「龍村先生……」

「天本の奴《やつ》、まだへたってやがる。とっとと連れ戻して、布団《ふとん》にぶち込まないとな」

森の辛《つら》そうな顔を思い出したのだろう、まだ半ば呆《ぼ》けていた敏生の顔に、力が戻ってくる。龍村はニッと笑って、敏生の背中を叩《たた》いて気合いを入れてやった。

「ほら、指揮官は君だ。次はどうする?」

「次は……あの……」

だが、しっかり立って龍村の顔を見つめた敏生は、ほんの少し躊躇《ためら》った後、強い調子でこう言った。

「僕、もう大丈夫ですから。……だから龍村先生は、お仕事に戻ってください」

「お、おい、琴平君。どうした、藪《やぶ》から棒に。僕のことなら、気にしないでいいんだぞ」

思いもよらない言葉に、龍村はただ驚くばかりである。だが敏生は、少し寂しそうに笑って言った。

「ごめんなさい。僕、知ってるんです。……昨夜《ゆうべ》、僕がお風呂《ふろ》の準備してるあいだに、龍村先生が一生懸命仕事をやりくりする電話かけてたのも、相手の方に謝ったり頼んだりしてたのも。僕たちのために、凄《すご》く無理してくださってるんでしょう?」

「……それは……」

図星だったらしく、龍村はグッと言葉に詰まる。敏生は小声で、ごめんなさいと詫《わ》びた。

「ホントは、昨夜のうちにこう言わなきゃいけないってわかってたんですけど、どうしても不安で……当たり前みたいに傍《そば》にいてくださる先生に、今まで甘えちゃってました。でも、もう大丈夫ですから」

「何が大丈夫なものか。天本はまだ……」

「そうですけど……でもここからは、僕、ひとりで頑張れますから」

「僕はもういらないってことか?」

少々ムッとして腕組みする龍村に、敏生は困ったようにかぶりを振った。

「そういう意味じゃなくて。そりゃ、龍村先生がいてくださったら心強いし、嬉《うれ》しいし……今だって、もうちょっとで言えずじまいになっちゃいそうだったんです。でも、もう目的は決まりました。あとは、僕ひとりで頑張れます。ええと……」

敏生はちょっと悪戯《いたずら》っぽい表情で言った。

「龍村先生がお仕事クビになっちゃったら、早川さんが大喜びで『組織』にスカウトしそうだもの。そんなことになったら、天本さんが物凄《ものすご》く嫌がって、僕が怒られますよう。だから……ね？」

「……琴平君」

敏生の精一杯の思いやりに、龍村は絶句し……そして、破顔一笑した。その表情には、消えない不安を無理やりなぎ払った潔《いさぎよ》さがあった。

「わかった！」

「先生……」

「そうだな。今回は式神《しきがみ》タクシーが運休中だから、咄嗟《とっさ》の移動ができないものな。……そこんとこも、君がそんなことを言いだした理由の一つだろう？」

敏生はこくりと頷《うなず》く。龍村は、短く刈り込んだ頭をバリバリ掻《か》いて、いつもの屈託ない笑顔で言った。

「わかった。君がそんな大人な提案をしてくれているのに、僕のほうが子供みたいな我《わ》が儘《まま》を言ってはいけない。……確かに、今回はスケジュールが少々タイトでな。やりくりに正直苦労していたところだった」

「じゃあ……」

「お言葉に甘えて、神戸《こうべ》に戻ることにする。君たちのことは心配だがな」

「連絡します。必ず」

敏生は、きっぱりと言った。龍村は、敏生の頭を大きな手で撫《な》でた。

「報告だけじゃなくていい。心細くなったり、愚痴を零《こぼ》したくなったりしたら、いつでもかけてこい」

「はいっ。……龍村先生も、お仕事頑張ってください！」

龍村が自分の真意を理解してくれたことを知り、敏生はようやくホッとした顔つきになった。

「その顔だ。君がそういう顔で笑えるときは、きっとすべてが上手《うま》くいく。君こそ頑張れよ！」

そんな言葉を残し、何かあったらすぐに携帯にかけろとくどいほどに念を押してから、龍村は帰っていった。

「……ふう。先生ひとりで二人分くらいの存在感だから、やっぱ寂しいな」

龍村を表通りまで見送り、家の中に戻った敏生は、思わずそんな本音をポロリと零してしまい、慌てて自分の頬《ほお》を片手でペチリと叩《たた》いた。

「こら。ひとりで頑張るって言ったのはどの口だよ。……ちゃんと、あの琴の持ち主を捜さなきゃ。でも、どこから始めたら……」

敏生は居間に戻り、暖炉の前に立った。消えそうに小さくなっていた火に、細い薪《たきぎ》を選んで一本足してやる。燃える火を見下ろし、その熱に暖められていると、心が落ち着く気がした。

やがて敏生は、うん、と一つ頷《うなず》き、電話の前に立った。壁に貼《は》り付《つ》けてあったメモを見ながら、ボタンを押す。三回呼び出し音が鳴ってから電話に出てきたのは、早川だった。

『琴平様？　如何《いかが》ですか、何かわかりましたか？』

敏生の声を聞くと、早川は気遣わしげにそう問いかけてきた。いつもより速いその口調に、敏生は早川が森のことを心から心配しているのだと知り、少し嬉《うれ》しくなった。そして敏生はこう言った。

「少しずつ、わかってきたことがあるんです。だからまず、言わせてください。天本さんの代理として、今回の依頼、僕がお受けします。あのお琴の処分、僕たちに任せてください。……いいですか？」

『は……それは……はあ、もちろんお引き受けいただければ嬉しゅうございますが……その、天本様のことは……』

「天本さんのこともお琴のことも、僕、頑張りますから」

遠く離れた札幌《さっぽろ》で、早川が迷っている気配が、沈黙の中で感じ取れる。だが、やがて早川は、小さな咳払《せきばら》いをしてからいつもの落ち着き払った声で言った。

『わかりました。……何もできないのにあれこれお訊《き》きしても、琴平様のお時間を無駄に浪費させてしまいますね。では、この事件は琴平様にお任せいたします』

「早川さん……ありがとうございます！」

敏生は、受話器を耳に当てたまま、深々と頭を下げた。そして、そのままの勢いで言った。

「あのっ。ということで、術者として、エージェントの早川さんにお願いがあります！　教えてほしいことがあるんです」


それから二時間後。

敏生は、神奈川県《かながわけん》のとある住宅街にいた。電車の駅から二十分ほど歩き、ようやく早川が教えてくれた住所の近所まで辿《たど》り着《つ》いたのだ。

「……こんなところに、そんなお店があるのかなあ。何か、普通の住宅街みたいだけど」

――小さな骨董屋《こっとうや》です。うっかりすると見落としてしまいますから、お気をつけになってください。店主には、わたしから連絡を入れておきますから、ご心配なく。

早川はそんなことを言っていた。敏生は電信柱のプレートで番地を確認しながら、同じブロックを三度歩き……そして四度目に、ようやく「忘暁堂《ぼうぎようどう》」と書かれた小さな表札のある家を見つけた。

「ここだ。……うわー、ホントに普通の家みたいじゃないか」

敏生はすぐに中に入らず、店を外から眺めてみた。そこはごく普通の小さな家であり、木製の古びた扉の脇《わき》に小さな出窓がある以外は、店らしい趣はどこにもない。だがよく見れば、出窓に置かれているのは深いブルーの、美しいグラスだった。無造作に置かれているが、その色合いとデザインから見て、どうやらかなり古いものらしい。

「……やっぱり、ここで間違いないみたいだ」

敏生は小声で呟《つぶや》いた。

先刻の電話で、敏生は早川に、彼が最初に一弦琴《いちげんきん》を持ち込んだ人物を紹介してもらったのだ。本当なら河合に協力を仰ぎたいところだが、彼の居場所は、早川ですら摑《つか》みきれないらしい。そうなると、その「骨董屋《こっとうや》を営む術者」しか、敏生が助力を頼めそうな人物はいなかった。

(よく考えたら、天本さんの知り合いじゃない他の術者の人に会うのって、初めてなんだよね。どんな人なんだろう。うう、緊張するなあ)

だが、いつまでも店の外で足踏みしている場合ではない。敏生は思いきって、店の扉を開けてみた。

「う、うわ」

だが、薄暗い店内に一歩入った瞬間、敏生は思わず立《た》ち竦《すく》んでしまった。店の中は、敏生の部屋どころでなく散らかって……というか、物に溢《あふ》れていたのである。

一応、通路らしきものが中央に確保されてはいるが、その両脇《りょうわき》には、恐ろしく危ういバランスを保って、古い品々が天井近くまで積み上げられていた。決して骨董《こっとう》には詳しくない敏生だが、それでもそこに置かれた物が、和洋中・新旧取り混ぜて、あまりにも雑多であることはわかる。骨董屋というよりは、古道具屋に近い印象だ。

「えーと……あの、こんにちはー」

店内は静まりかえっており、BGMはおろか、カサリという物音すら聞こえない。敏生は店の奥に向かって怖々声を掛けたが、返事はなかった。仕方なく敏生は、両脇にバリケードを築いている得体の知れない品物に触れないように注意しながら、店の奥に向かった。

「ええと……誰もいませんか？　あ、いた」

鰻《うなぎ》の寝床のような奥行きのある店のつきあたりに、一応キャッシャーらしき場所があった。そしてそこには、気怠《けだる》げに机に頬杖《ほおづえ》をついて古そうな本を読んでいる青年がいた。

「ええと……あの、すいません」

「謝られる覚えはないが」

敏生が、机を挟んで青年の真ん前に立ち、声を掛けると、そんな無愛想な返事を口にしながら、ようやく彼は本から顔を上げた。

森を見慣れている敏生にとっては驚愕《きょうがく》するほどではなかったが、青年は俳優かモデルのように整った顔立ちをしていた。緩いウエーブのかかった焦げ茶色の髪を片手で後ろに撫《な》でつけ、青年は鬱陶《うっとう》しそうに敏生の顔を見た。切れ長の美しい目だったが、どこか昔の森に似た、他人を拒絶するような冷たい光を帯びている。敏生は、ドギマギして頭を下げた。

「えと、あの。お仕事の邪魔してすいません、なんですけど」

「ああ？　邪魔は願い下げだ。客でないなら帰れ」

取りつく島もない態度に、敏生は少しムッとして言った。

「あのっ。僕は、琴平敏生といいます。ええと……『組織』の早川さんから、こちらに連絡が来てると思うんですけど、あの、これのことで」

敏生は、大事に抱えてきた風呂敷《ふろしきづつ》包みをカウンターに置いた。包みを解き、一弦琴《いちげんきん》を取り出す。それをちらと見て、青年は「ほう」とようやく本を閉じ、脇《わき》にどけた。

「修理したのか。よく一弦琴だとわかったな」

それを聞いて、敏生はただでさえ丸い目をビー玉のように丸くした。

「ち、ちょっと待ってください。もしかして、あなたは知ってたんですか、これが一弦琴《いちげんきん》だって」

青年は無表情に肩を竦《すく》める。

「ああ」

「でも、早川さんはそんなこと……」

「知らんだろうな。俺は言わなかった」

「ど、どうしてっ……」

「依頼の中に、その質問は含まれていなかった。あの早川という男が持ってきた依頼は、こいつを処理することだった。だが、琴から現れた女は生きている人間だった……というより、異界にいるらしき女の念が、琴を通じて見えるだけだった。となれば、俺にできることは何もない。だから突き返した。……それだけだ。文句があるか」

淡々と説明され、敏生は思わず呆然《ぼうぜん》としてしまった。

「そんな……」

「お節介は性に合わん。それより、お前は何だ。早川は、術者を寄越すと言っていたが、お前はそいつの従者か？　見たところ、草木の精霊《せいれい》のようだが。ああ、人間も混ざっているんだな」

「え、ど、どうしてそんなこと……っていうか、今は僕も術者です！　ま、まだ助手ですけど」

　ズバリと言い当てられ、敏生は驚いて青年をまじまじと見た。そういえば、さっきから店の散らかりようと青年の非友好的な態度に度肝を抜かれていて気づかなかったが、目の前の青年からは、人間とは明らかに違う「気」が漂っていたのである。

「あなたは……もしかして……あの、人じゃ、ない？」

　探るような敏生の問いかけに、青年はフンと馬鹿《ばか》にしたように鼻を鳴らした。

「だったらどうした。俺は妖魔《ようま》だ。妖魔が術者をして何が悪い？」

「あ、わ、悪くないです。全然悪くないです。ごめんなさいッ。僕はただ……」

　男の声には、あからさまに棘《とげ》があった。このまま店を追い出されては、本来の目的が果たせない。敏生は慌てて謝り、これまでのいきさつを青年に話した。

　青年は気のない様子で話を聞いていたが、しかし遮ることはせず、敏生に最後まで喋《しゃべ》らせた。そして、両手で古そうな万年筆を弄《いじ》りながら、ぶっきらぼうに言った。

「で？　お前は俺に何をしてほしいんだ？」

　敏生は、琴に触れて言った。

「あなたは早月さんの幻を見て、それが人間だってことを見抜いた。でもそれがもし琴に宿った妖《あやか》しだったら、どうしてたんですか？」

　青年はこともなげに答える。

「喰《く》ったさ。俺も妖魔《ようま》だからな。妖魔の餌《えさ》が妖魔だってことは、お前も術者のはしくれなら知っているだろう」

敏生は頷《うなず》いた。

「はい。……じゃあ、この琴には、食べられるような妖魔は宿っていなかった、ってことですね。じゃあ、そのう……この琴の持ち主の蛇の妖魔の気配とか、感じなかったですか?」

「……何が言いたい。もっと頭を使って簡潔に喋《しゃべ》れ。次の一言で用件をすまさなければ店から叩《たた》き出《だ》すぞ、精霊《せいれい》の小わっぱ。千年生きてきた妖魔を舐《な》めるなよ」

「せ、千年……?」

青年の目が、ギラリと金色に光った気がした。敏生はゾッとしつつも、思いきって言った。

「天本さんを助けるために、蛇の妖魔に何が起こったのか……今もまだ生きているなら、どこでどうしているか、調べなきゃいけないんです。ここに来る前、自分で何度か試してみたんですけど、上手《うま》くいかなくて。早川さんは、あなたのことを古い品物の扱いにかけては、右に出る者のない術者だって言ってました。だからもし、あなたの力を借りることができたら……ってそう思ったんです」

「なるほどな。ならば、俺の顔色など窺《うかが》わず、最初からそう言え」

青年はしばらく考えていたが、グレイのタートルネックの首元を指先で弄《いじ》りながら、こう言った。

「その程度の仕事で、同業者と『組織』に貸しを作れるなら……安いものかもしれないな」

心配そうだった敏生の顔に、パッと明るい色が差す。

「それじゃあ……」

「妖魔《ようま》の術者も珍しいかもしれんが、半精霊《はんせいれい》の術者もあまり見かけん。暇つぶしにお手並み拝見といくか。退屈の虫が少々騒いでいたところだ」

「え？」

「少しばかり手を貸してやる。ここでもう一度やってみろ」

青年はそう言って、店の奥に転がっていたスツールを軽々と持ち上げ、カウンター越しに敏生の前に置いた。どうやら、ようやく座ることを許されたらしい。彼から助力を得られそうだとわかって、敏生はバネ仕掛けの人形のようにぺこりとお辞儀した。

「ありがとうございますっ。あの……ええと、まだお名前……」

「司野《しの》だ」

青年は簡潔に名乗り、そしてニコリともせず店の入り口を指さして言った。

「表へ出て、本日閉店の札を掛けてこい」

六章　通り過ぎる雨

青年……司野《しの》は、カウンターに両肘《りょうひじ》をつき、優美な仕草で両手の指を緩く組んだ。そして、座興を楽しむ調子で、敏生《としき》に言った。

「やってみろ」

敏生は、司野の冷たい顔と琴を見比べ、ほんの数秒躊躇《ちゅうちょ》した。だが、さっき何度も試したように……そして以前何度か憑坐《よりまし》を務めたときにそうしたように、両手を琴の表面に置いた。指先に、丹念に彫られた鶏《にわとり》や菊の花が触れる。

だが、敏生がその姿勢で琴に意識を集中しようとしたとき、司野はカウンター越しに人差し指で敏生の額を強く弾《はじ》いた。妖魔《ようま》の手加減ゼロのデコピンを喰《く》らい、敏生の目の前に白い星が飛ぶ。後ろにひっくり返らなかったのは奇跡的と言ってもよかった。

「あいたッ！」

「愚か者。そんなやり方で、弱々しい記憶の糸を辿《たど》ることなど、できるものか」

「……そんなこと言ったって……、じゃあ、あなたはこの琴の記憶が読めるんですか？」

不満げな敏生の言葉に、司野は即座に頷《うなず》いた。

「この前預かったときに読んだ。手慰みにな」

「じ、じゃあそれを教えてくれれば……」

「甘えるなよ」

冷淡に言って、司野はジロリと敏生を睨《にら》んだ。長い指が、コツンと硬い木のカウンターを叩《たた》く。

「次に同じようなことが起こったとき、お前はまた俺の力を借りに来るつもりか？　向上心を持って教えを乞《こ》うことは恥ではない。だが、他人の力をあてにするのは術者として恥ずべき行為だ。違うか」

「それは……」

「お前の身内ならば、一緒になって慌てたり、お前のために尽力したりするだろうが、俺はお前とは今会ったばかりだ。早川《はやかわ》が電話でさんざん頼んできたから、お前を店に入れてやった。こうして時間を割いてやっているのも、精霊《せいれい》の血を引く人間など、今時珍しいから興を覚えた……それだけだ。お前の師匠がどれほどの者かは知らんが、お前はまだ力の使いようも知らない弱々しいガキにすぎない。お前は一方的に俺に借りを作ろうとしているんだ。それを忘れるな」

敏生は言葉もなく司野の顔を見る。司野は、つけつけと言った。

「お前はまだ幼い。若さゆえの無駄な焦《あせ》りが多すぎるぞ、精霊《せいれい》の小わっぱ。その貧弱な頭で同時にいくつものことを考えようとするから、ただ一つのことさえまともに成せんのだ。お前の心に心配事が渦巻いているのが、ここからでも感じられる。そのような乱れた心で、何ができるものか」

「……ごめんなさい」

反論の仕様もない真実を突きつけられ、敏生はぐうの音も出なかった。

琴に残された蛇の妖《あやか》しの記憶を読み取り、その消息を摑《つか》まなくてはと思いつつも、心の中には、それが上手《うま》くいかなかったら……あるいは、妖しが力を貸してくれなかったり、もうこの世に存在しなかったりしたら……と、尽きない不安が次から次へと湧《わ》き出《だ》してくる。それを、数十分前に会ったばかりの相手にこうまで鮮やかに見抜かれてしまっては、敏生には降参するより他がなかったのだ。

そんな敏生に追い打ちをかけるように、司野は愛想《あいそ》のかけらもない無表情でこう言った。

「ガキの分際で一度にすべてを解決しようとするから、混乱するんだ。今、お前の目の前にあるのは琴だけだ。それに集中しろ。一つずつ片づけていけば、いつかは最終地点に到達する。そう信じて動け」

「……はいっ」

美しいが厳しい司野の目は、瞬《まばた》き一つせずじっと敏生を見据えている。そして唇から吐き出される歯切れのいい言葉は、すべて驚くほど正しく、経験を踏まえた重みがある。見かけはお洒落《しゃれ》な青年だが、さっきさりげなく言った「千年生きている」という言葉は、あながち嘘《うそ》ではないのだろう。

(凄《すご》くキツいけど、出会ったばかりで、こんなに的確なアドバイスしてくれるなんて……きっとこの人、凄い術者なんだろうな)

敏生は素直に頷《うなず》き、こう言った。

「ごめんなさい。もう一度、やってみます。正しいやり方、教えてもらえますか？　僕、確かに一方的に借りを作るばかりで、いつどうやってそれを返せるのか予想もつかないですけど……でも、いつか絶対、立派な術者になって恩返しします。だから……」

「いいだろう。俺はお前の師匠ではないが、いつか術者として共に働くことがあるかもしれん。そのとき、せいぜいまともな働きをして、俺に楽をさせることだ」

切り口上で言って、司野はもう一度敏生の眉間《みけん》を指さした。今度は突かず、ただ軽く指先で触れる。触れたところから肌がバリバリ凍りつきそうな、おそろしく冷たい指だった。

思わず敏生は身震いしたが、それに構うことなく、司野は指と同じくらい冷ややかな声で言った。

「意識を、ここに集めろ。お前は人間と精霊《せいれい》の両方の特性を持つはずだ。その点で、お前は生まれながらに術者の資質が普通の人間より高い。それを利用せん手はないだろう」

「眉間《みけん》に、意識を……？」

司野は頷《うなず》き、敏生から指を離した。軽く苛《いら》ついた表情で、手の中で万年筆をクルクル回しながら頷く。今のところ辛抱強くつきあってくれているが、あまり気が長いほうではないらしい。失敗を繰り返せばあっさり見捨てられてしまいそうだと、敏生はドギマギした。

「人間には、ここに隠された第三の目がある。他の二つの目を閉ざし、第三の目に意識を集中させることを覚えれば、その目が開く」

司野の言葉に、敏生はそっと目を閉じてみた。視界が闇《やみ》に包まれる。司野の抑揚のない声が、外部から入ってくる唯一の刺激になった。

「第三の目は、他の二つの目が見ているのとは異なる世界をお前に見せるだろう」

「……琴の記憶……とか？」

「そうだ。お前は草木の精霊《せいれい》なのだから、竹でできた琴とは馴染《なじ》みやすいはずだ。触れて、琴と『気』を馴染ませながら話を聞け。……お前は以前に、物品に残された持ち主の記憶を読み取ったことがあるか？」

敏生は曖昧《あいまい》に頷いた。

「何度か、憑坐《よりまし》をしたことがあります。……最近では、犬の憑坐を」

「犬の憑坐《よりまし》？　草木の精霊《せいれい》に獣の魂を降ろすか。お前の師匠は面白い男だ」

嘲《あざけ》るように唇を歪《ゆが》ませ、司野は言った。

「だが、お前を憑坐に使うとは、なかなかに目が高い。精霊の意識の柔軟さが、お前をよい憑坐にしているんだ。とはいえ、憑坐は術者の道具にすぎん」

「そんな……」

「憑坐の意識を操作し、物品の念を読み取れるように調節するのは術者だ。お前の憑坐としての資質は高いかもしれんが、お前自身にはみずからの意識を自分の意思で操作する技術はない。違うか？」

(天本《あまもと》さんは僕のこと、道具だなんて絶対思ってないと信じてるけど……。でもこの人のいうこと、ホントのことだ。僕に力があるわけじゃない)

　敏生は悔しそうに唇を噛《か》み、また頷《うなず》く。

「そう……です。僕はただ、心を空っぽにする方法を知ってるだけ。そこに誰かの記憶や意識が流れ込んでくるのを、じっと待ってるだけです」

「ふん。だが、そのすべを知っているだけでも、ずいぶん話が早い。あとは、自分の力で残留思念に自分の意識を同調させる方法を覚えることだ。そこから抜け出す方法もな。さもなくば、お前は亡者《もうじゃ》の意識に自分の身体《からだ》を乗っ取られてしまうかもしれんぞ。読み取る記憶や念が、すべて善きものだけとは限らん。むしろ、恨みや憎しみといった暗い念ほど、強く長く残るものだからな」

「ええっ⁉　そ、そんな」

物騒な司野の発言に、敏生は思わず目を開いてしまう。その途端、光の速さで頭をひっぱたかれた。

「いたっ」

「いちいち集中を散らすな。みすみすそんな目に遭わぬよう、第三の目の使い方をお前に教えてやっているんだ」

「うー……ごめんなさい」

(最初は昔の天本さんに似てると思ったけど、こういう手が早いとこは小一郎《こいちろう》にそっくりだ。それとも、妖魔《ようま》ってみんなすぐ殴る癖があるのかなあ)

そんなことを思いつつ、敏生はもう一度目を閉じた。

「いいか。第三の目を開けば、ものに残された念や記憶が見えるだろう。何が見えようと、そこへ意識を集中していけばいい。そして離脱したいときは、第三の目を閉じるんだ」

「……頭ではわかりますけど、そんなこと実際にできるんでしょうか」

「できる。俺が少し力を貸してやるんだからな。危なくなったら、引き返す合図はしてやろう。あとは、お前次第だ。万一失敗しても、同業者の情けで、骨くらいは拾ってやる」

「うー……」

　いくら早川という共通のエージェントがいるとはいえ、初対面で人となりをよく知らない術者……しかもその正体は妖魔《ようま》なのだ……に命を預けるのは、愚かしいことではないだろうか。そんな考えがちらと敏生の頭をよぎる。

「どうする？　俺をそこまで信用できないというなら、やめて帰ってもいいんだぞ」

　敏生の心を読み取ったかのように、絶妙のタイミングで司野が揶揄《やゆ》する。

（でも……今はこの人を信じるしかないもの。僕の心は、この人は悪い人じゃないって感じたし、そういう直感だけは、自信あるんだ！）

　敏生は迷いを振り払い、そして目を閉じたまますきっぱりと言った。

「お願いしますッ」

「よし。なら、琴に置いた手を離すな。俺の指先があるところに、第三の目があると信じて、そのさまを想像しろ。俺の声だけを聞いていろ」

「……はい」

　敏生は軽く頷《うなず》き、両手を琴の表面にしっかりと置き直した。眉間《みけん》に、再び司野の冷たい指先が触れてくる。敏生は目を閉じたまま、両目のあいだにもう一つ、隠された目があることを想像した。指先の氷の冷たさが、骨まで染《し》みてくる。それはまるで、これまでずっと閉ざされ、隠されていた瞼《まぶた》をこじ開ける強い力のように、敏生には感じられた。

「そうだ。それでいい。……今こそ、お前の新しい目が開く。第三の目で、琴を見ろ」

司野の声が、やけに遠くから聞こえてくるような気がする。

(……開け!)

敏生が全身全霊の力を込めて気合いを入れたとき、眉間《みけん》でバチッと凄《すさ》まじい火花が飛んだ気がした。目を閉じているのに視界が真っ白にスパークする。目の奥から脳の奥まで、視神経に沿って激痛が走った。脳が爆発するかと思うほどの衝撃である。

「……つッ!」

だが敏生は、それに必死で耐えた。ここが踏ん張りどころなのだと、本能が告げている。光が弱くなるのと同時に、痛みも徐々に薄らいでいった。

そして……。

(……え……?)

目を閉じているはずなのに、瞼《まぶた》の裏側をスクリーンにして映像がよぎっていく。放送終了後のテレビ画面のようなざらざらした砂嵐《すなあらし》に、時折ぼんやりした画像がほんの短いあいだ現れた。

(これだ……これを捕まえなきゃ!)

敏生は、切れ切れに見えるその映像に、意識のすべてを向けた。もう、自分がどこにいて何をしているのか、そんなことはわからなくなっている。心が身体《からだ》を離れ、手のひらから琴の中へ拡散していくようだった。

やがて、映像がだんだんはっきり見えるようになってきた。自分の目で見ているように、自然な視界が広がる。

「……何が見える？」

もう遥《はる》か遠くから聞こえる司野の声に、敏生は半ば上の空で答えた。

「何だろう……闇《やみ》がゆらゆらしてる……。それに……やっぱりゆらゆらした白い光。眩《まぶ》しくて、清らかな感じがする光……」

「水……夜の水底《みなそこ》と、月だろう。お前が捜している蛇の妖《あやか》しが、蛇身に戻って池の底に横たわり、遠い空に浮かぶ月を見上げているんだ」

「……蛇が見た月……これが……」

「目的の記憶をお前は捉《とら》えたようだ。……そのまま追いかけていろ。……風景が変わったら、その都度言え」

どうやら、司野が見た妖しの記憶を、敏生も正しくキャッチすることができたらしい。

司野の言葉に少し安堵《あんど》して、敏生は再び妖しの記憶を辿《たど》り始《はじ》めた。

「……琴……女の人の幻……あ、きっとこれ早月《さつき》さんだ……。また水……」

(これが、蛇の妖しが見た景色……。何だろう、僕、こんなふうに水の底になんか行ったことないのに、早月さんに会ったこともないのに、胸が締めつけられるみたいな気分がする。何だろう、この感じ……)

「どうした？」

敏生の苦しげな表情を見て取り、司野は静かに訊《たず》ねた。敏生は、暗い水の中に身を置いているように、身体《からだ》を緩く揺らしながら答える。

「初めて見るものばっかりなのに……なんか、懐《なつ》かしくて涙が出そうっていうか……。あれ、音も聞こえてきた。……琴の音……？　そうだ、一弦琴《いちげんきん》の音だ、これ」

それを聞いて、司野はあっさりとその理由を敏生に告げた。

「不思議なことは何もない。だからお前は優れた憑坐《よりまし》だというのだ。記憶を見るだけではなく、音すらも聞き、それを見たときの本人の心持ちまで読み取っている。……今お前は、蛇の妖《あやか》しと同じ気持ちで、その月を見上げているのだ。……生まれ育った清らかな水の中に身体《からだ》を預け、美しい月を、そして愛《いと》しい女の幻を見ている。心が騒ぐのに何の不思議があるものか」

(……これが……蛇の妖しの気持ち……。早月さんのことが、とても好きな気持ち。早月さんの想《おも》いを感じて、嬉《うれ》しい気持ち。僕が天本さんのことを好きな気持ちと同じだ。誰かを好きになる心は、いつだって、誰だって一緒だよね……)

敏生はいつしかすっかりリラックスして、妖しと同調していた。妖しの傍《かたわ》らで、ひとりでに鳴るあの竹の一弦琴。膝《ひざ》の上に琴を置き、静かにそれを奏《かな》でている早月の儚《はかな》い幻。

（綺麗《きれい》な曲だな……。単純なメロディだけど、切なくて、優しい音だ……）

同じ曲を、男も月明かりの下で奏《かな》でた。澄んだ音は、水面《みなも》に小さなさざ波を立てる。琴の音は頭上に輝く白い月まで届きそうに思えた。

やがて、景色は突然切り替わる。

「賑《にぎ》やかな町……人がいっぱいいいます」

（人の姿になったとき、この人、僕よりうんと背が高いみたいだ。……天本さんが見てる景色は、こんな感じなのかな）

視界に映るのは、華やいだ街角だった。着物を着ている人も、袴《はかま》を穿《は》いた若い女性も、やけにクラシックな洋服を着ている人もいる。どうやら、敏生は映画かテレビでしか知らないような、古い時代の記憶らしい。街角に流れる音楽も、やけに賑やかなジャズだったり、懐《なつ》メロ番組で聞いたような甲高《かんだか》い男の歌声だったりする。

「明るいから、昼間みたい。みんな着飾って、楽しそうです。お店が通りの両側にいっぱいあって、みんな買い物したり、お喋《しゃべ》りしたり……。うわ、何時代だろ、これ。反対向きに、カフェーとか書いてある」

妖《あやか》しは人の姿になり、人混《ひとご》みに紛れて、いろいろな店を覗《のぞ》いて歩く。異界へ戻る前に、早月への土産《みやげ》を選んでいたのだろう。浮き立つような彼の気持ちが、敏生の心を明るくした。

(ああ……そうか、そうなんだ。先生が仰《おつしや》ってたのは、こういうことなんだ)

瞼《まぶた》の裏に浮かんでは消える景色を見つめながら、敏生はふと、松江《まつえ》へ旅行に行く前に、彼の絵の先生である高津園子《たかつそのこ》が言っていたことを思い出した。

――心の中に残してある風景には、写真のようなせせこましいフレームはありません。無限の広がりを持つのよ。一瞬の感動が、それを鮮やかなまま記憶に刻み込んでくれるの。そんな心の風景を描《か》いた絵なら、そこへ行ったことのない人にも、あなたが感じたのと同じ感動を与えるだけの力を持つでしょう。

(蛇の妖《あやか》しが、心から美しいと思った景色だから……心から楽しい、好き、愛《いと》しい……そんなふうに感じながら見たものだから、それを見た僕も、ワクワクしたり、切なくなったりするんだ……。ちゃんと伝わってるんだ、気持ちが)

写真を撮ってそれを単に眺めて絵にしたのでは、感動など伝わるはずがない。いつになくきっぱりした口調でそう言った園子の言葉を、敏生は今、正しく理解していた。

と、それまで鮮明だった映像が、わずかに乱れる。同時に、司野の叱責《しつせき》の声が聞こえた。

「馬鹿者《ばかもの》。余計なことを考えるな。同調が保てていないぞ」

「あ……しまった」

敏生は慌てて絵のことを頭から叩《たた》き出《だ》し、映像に集中した。

「ええと……綺麗《きれい》な池が見えます。……ここ、どこなんだろう。立派な松と柳と……不思議な形の池。その向こうに、変な形のビルがあります。……それともこれ、タワーかな」

　敏生は目に見えたものをそのまま口に出してみた。司野は何も言わず、ただ険しい顔で敏生を見守っている。

　まるで妖《あやか》しの身体《からだ》に入って一緒に散歩を楽しんでいるような気分で、敏生は目に映るものすべてを満喫した。明るい日の光を反射して、池の水はキラキラ光っている。どうやら、妖しは目の前にそびえ立つ、高いタワーに向かって歩いているらしい。

　近づいていくにつれて、タワーの外観がはっきり見えてきた。煉瓦造《れんがづく》りの十階以上ありそうな多角形……おそらくは八角形のタワーである。各階のそれぞれの面に、二枚ずつ縦長の大きな窓が見える。てっぺんには、ケーキの飾りのように一回り小さな屋根がついていた。

（あのタワー、何があるんだろ。あんな建物見たことないけど、かっこいいなあ。……そうか、あの建物の話を、早月さんにしてあげようと思ったんだ。だから一生懸命見て、頭に焼き付けてたんだね……）

　そんなことを思っていた敏生は、次の瞬間、思わず驚きの声を上げていた。

「わあッ！」

　突然、轟音《ごうおん》とともに、視界が激しく揺れたのである。また集中が緩んだのかと一瞬思った敏生だが、映像は限りなく鮮明である。妖《あやか》しの見ている世界自体が、激しく震動しているのだ。目に映るすべてが、揺れ、歪《ゆが》み、跳ね上がった。空気を切り裂くような悲鳴が、あちこちから起こる。

「う……ああ……ぁ」

地面が海のように大きく波打ち、石畳が剝《は》がれて宙を舞った。通りの両側に並んだ家から瓦《かわら》が雨のように降り注ぎ、屋根が割れた。塀がドミノのように呆気《あっけ》なく倒れ、土煙がもうもうと巻き起こる。早くも、あちこちから火の手が上がり始めた。熱いつむじ風がチリチリと肌を焼く感覚がする。

(これ……この感覚、僕、知ってる……!)

妖しが感じている驚愕《きょうがく》や恐怖が、敏生の記憶を鮮やかに呼び覚ました。立っていられないほど強く揺れる大地、燃えさかる炎。

(遠野《とおの》で地震に遭ったときと同じ感じだ。怖い、怖いよ……これ、凄《すご》い大地震なんだ……! 天本さん……)

敏生は思わず、心の中で森《しん》の名を呼んでいた。あのとき抱きしめてくれた強い腕、守るように覆《おお》い被《かぶ》さってくれた広い胸は、今ここにはない。

(助けて、助けて……天本さん!)

いったん収まりかけた震動が、また始まる。家々がバタバタと倒れ、逃げていた妖しの頭上からも、瓦礫《がれき》が容赦なく降り注いだ。いつしか、視点はうねる地表に限りなく近くなっている。倒れたのか、あるいは想像を絶する危機に、蛇身に戻って逃げようとしたのか……いずれにしても、妖《あやか》しの身体《からだ》は、まるで玩具《おもちゃ》のように軽々と空中に跳ね飛ばされ、また地面に激突した。周囲に、折り重なってたくさんの人が倒れている。

妖しと感情を共有している敏生は、恐怖のあまり絶叫した。

「うわあああぁぁぁッ!!」

その耳元で、司野の声が凛《りん》と響く。

「同調を切れ！」

（んな……こと言ったって……！）

切れと言葉で簡単に言われても、その方法を考える余裕は、敏生にはない。ボロ切れの如《ごと》く、妖しの身体は幾度も幾度も地面に叩《たた》きつけられる。息が止まるほどの衝撃の後、妖しの視点はついに動かなくなった。

「第三の目を閉じろ。すぐに閉じるんだ！」

司野の声が、音の鞭《むち》と化して敏生の神経を打った。

映像が少しずつぼやけ、暗くなっていく。遠くのほうで、さっき見えていたタワーが、半分にぽっきり折れているのがおぼろげに見えた。

その視界が不意に動き、頭上から凄《すさ》まじい勢いで落ちてくる巨大な瓦礫《がれき》が見えた瞬間、敏生は無意識に眉間《みけん》に力を込めていた。

「あああッ!!」

まさに瓦礫《がれき》が視界一杯に広がったそのとき、雷に打たれたように全身が痙攣《けいれん》し、パチリと両目が開く。息が苦しかった。敏生は胸を波打たせ、必死で空気を吸い込んだ。視界がまだグラグラ揺れている。酷《ひど》く気分が悪い。

スツールから転げ落ちそうになった敏生だが、その前に司野に胸ぐらをグイと摑《つか》まれ、嚙《か》みつくような勢いで怒鳴られた。

「愚か者！　戻れと言ったらすぐに戻らないか」

一瞬、司野の目が金色に光り、瞳孔《どうこう》が縦に開いて見えた。妖魔《ようま》の本性がのぞいてしまうほど、腹を立てているらしい。敏生は喘《あえ》ぎながら、掠《かす》れた声を絞り出す。

「ごめんなさ……怖くて……考えるの、無理で……っ」

「……頃合いを見定め損ねると、お前の意識も共に死ぬぞ。同調能力の高さは認めるが、次はもう少し危険の少ない品を選んで訓練しろ。今のままでは、危うくてたまらん」

苛《いら》ついた口調で一息に言って、司野はようやく敏生の服を解放した。敏生はグッタリとカウンターに顔を伏せてしまう。その額が、一弦琴《いちげんきん》に当たった。冷たい竹の感触が、汗びっしょりの額に心地いい。

「ビックリした……。凄《すご》く怖かった。ホントに死ぬかと思った。何ですか、あれ……」

「本当に死にかけたんだ、馬鹿《ばか》。……で、どこまで見た？」

司野はそう訊《たず》ねてきた。敏生は、まだカウンターから頭を上げられないまま、ボソボソと答えた。

「凄《すご》い……地震で町が滅茶苦茶《めちゃくちゃ》になって、人がいっぱい倒れてて、タワーが崩れて……頭の上から凄く大きなものが隕石《いんせき》みたいに落ちてきて……そこまでです」

「まさしく限界だな。未熟なお前には、そこまで見るのが精一杯だ。死の瞬間を共有するのは、今はまだ危険すぎる。衝撃で心臓が止まりかねん」

（……そういえば、四国《しこく》で犬のシロの憑坐《よりまし》をしたとき……シロが殺されるところまで体験しちゃって、僕も死にそうになったっけ）

敏生は、憑坐を務めたときと同じ、酷《ひど》い吐き気に口元を押さえつつ、司野に問いかけた。

「死の……瞬間!?　じゃあ、妖《あやか》しは……」

司野は、まだ怒った顔のままで吐き捨てるように言った。

「死んだ。……人の姿だったのか蛇の姿だったのか、それはわからんが、とにかくお前の見たその瓦礫《がれき》に潰《つぶ》されて、死んだ」

「……み……見たんですか……、あの続き……」

司野はまた万年筆を手に取り、くるりくるりと軽快に回しながら頷《うなず》く。

「俺は妖魔《ようま》だ。見たところで、お前のように一緒になってくたばりそうになるほど、情が厚くないのでな。……妖《あやか》しといえども、不死ではない。ましてあいつは、元は蛇だったものが、年を重ねて神通力《じんずうりき》を得ただけだ。圧倒的な外力の前には、あの場に居合わせた人間どもと同じでまったく無力だったろう」

「……そんな……」

敏生は吐き気を堪《こら》え、片手で額を支えながら、ようやく身を起こした。縋《すが》るような眼差《まなざ》しで、司野を見る。

「あれは、何だったんですか。いったい、あれは……」

「術者になるなら歴史を学べ、精霊《せいれい》の小わっぱ。過去へ遡《さかのぼ》ることはできずとも、知識さえあれば、状況を推測することが可能になる。だが、今回は教えてやろう。お前が見たのは、大正《たいしょう》十二年九月一日の、東京浅草《あさくさ》だ」

「た、大正時代！　道理で、古っぽい感じがしたわけだ……。でも浅草？　僕、行ったことありますけど、あんな変なタワーはなかったですよ」

「凌雲閣《りょううんかく》、という言葉を聞いたことはないか？　では、浅草十二階という言葉は？」

敏生は力なくかぶりを振る。司野は、うんざりした顔で立ち上がり、店のどこかから一冊の大判の本を持って戻ってきた。カウンターの上で、その酷《ひど》く埃《ほこり》くさい本を開く。そこにはまさしく、敏生が見たのと同じ、煉瓦造《れんがづく》りのタワーの写真があった。手前には奇妙な形の池があり、「ひょうたん池」と書かれている。

「あ、これ。これですよ、僕が見たの」

「明治二十三年に完成した、浅草のシンボルだ。十二階建てで、上層部には展望台があり、その周囲には、十二階下と呼ばれる私娼窟《ししょうくつ》や銘酒屋があった。……それが崩れたのが、大正十二年九月一日の正午……いわゆる関東大震災《かんとうだいしんさい》と呼ばれる大地震のときだ」

「……あ……」

敏生は呆然《ぼうぜん》として目を見開いた。

「話だけは……聞いたことがあります。東京全体が滅茶苦茶《めちゃくちゃ》になったくらい、凄《すご》い地震だったんですよね。じゃあ……その地震で？」

「おそらくはな。折れた浅草十二階を見ているのが、何よりの証拠だ」

「酷《ひど》いや、そんな偶然。たまたまお土産《みやげ》を買いに行ったせいで、そんな災害に巻き込まれちゃうなんて」

敏生は、片手でそっと琴を撫《な》でた。司野は、感情のこもらない声で続けた。

「おそらくそのとき、妖《あやか》しはこの琴を携えていたんだろう。……部品はいくつか壊れたようだが、それでも本体は奇跡的に無事だったようだな。震災の後、あちこちに山積した死体は盗人たちに物色され、金目のものは持ち去られたはずだ。この琴も、彫刻の見事さで命拾いしたのだろうな」

「……ううん、きっとそれだけじゃないですよ。妖《あやか》しの早月さんに対する想《おも》いが、二人で彫ったこの琴だけでも守ろうとしたんだ。僕はそう思います」

「そう思いたければ、勝手に思うがいいさ。さて、これで俺は頼まれた仕事を完了したぞ。もう用はなかろう」

司野はそう言って立ち上がった。敏生はまだ立ち上がることができず、途方に暮れた顔で琴を見つめた。

「でも、どうしよう。……妖しが死んじゃってるってことは、もう彼を異界の早月さんのところに帰してあげられないってことですよね。ってことは……どうしよう。どうしたらいいんだろう」

「何を悩んでいる？」

司野は怪訝《けげん》そうに問いかけた。敏生は、キッと司野の顔を見上げる。

「だって、妖しを見つけて、琴を返して、早月さんのところに帰してあげられれば、異界とこの世界を繋《つな》げて、天本さんと小一郎をこっちに送り返してもらうことができる、そう思ってたんです。だけど、妖しが死んじゃったんだったら……」

「当然、その方法は無理だな」

「じゃあ……せめて骨とか……」

「あれから何十年経《た》ったと思っている。そのあいだに、何度も再開発が行われているうえ、戦争で破壊されてもいるんだぞ。蛇の骨のかけらなど、残っているはずがあるまい」

「うー……そうか……。じゃあ、いったいどうすればいいんだろ」

「阿呆《あほう》か、お前は」

司野はほとほと呆《あき》れ果《は》てたという表情で、また敏生の頭を勢いよく張った。まだ吐き気の治まらない敏生は、奇妙な呻《うめ》き声《ごえ》を上げて口を押さえる。司野は、傲然《ごうぜん》と腕組みして、敏生を見下ろした。

「何のために、お前に自力で妖《あやか》しの記憶を読ませたと思っているんだ」

「……え……」

「言ったろう。俺はとっくに、妖しの末路を知っていた。本来ならば、こんな面倒なことにつきあわずとも、あいつは死んだと告げて、お前をここから蹴《け》り出《だ》してもよかったんだぞ」

「……あ……！」

敏生は啞然《あぜん》として、司野の仏頂面《ぶっちょうづら》を凝視する。それまで殺伐としていた司野の表情に、初めてほんの少し温かみのある表情が浮かんだ。といっても、さっきからずっと喋《しゃべ》っているかむすっと引き結ばれているかだった唇の、口角が二ミリほど上がった程度の変化なのだが。

「お前は優れた憑坐《よりまし》だと言ったろう。お前は妖しの最期《さいご》の記憶を……その心持ちをも読み取り、己の内に取り込んだ。妖《あやか》し本人が消滅している以上、お前の助けとなるのは、その記憶だけだ。……そしてそれは、十分にお前を助けるだろう」

「……じゃあ、僕にヒントをくれるつもりで……こんなことを」

「察しが悪すぎるぞ、お前は」

打てば響くようにきつい言葉が返ってくる。だが、敏生はそんな叱責《しっせき》を素直に有《あ》り難《がた》いと思っている自分に気が付いていた。

「あの……ありがとうございました。僕、いつか絶対、立派な術者になって、恩返しに」

「その愚鈍さでは、それを待っていると何十年先になるかわからん」

「うっ。ええと……それは……」

「まともな憑坐《よりまし》が必要なとき、呼ぶことにする。お前は、血筋の賜物《たまもの》にすぎんとはいえ、憑坐としては超一流だからな。使わせてもらうぞ」

「……はいっ」

妙な褒められ方ではあるが、とにかく一つでも恩人に評価されるポイントがあるというのは嬉《うれ》しいものだ。敏生は、笑顔で大きく頷《うなず》いた。

司野は、琴を指さして言った。

「用がすんだら、とっとと帰れ。油を売っている暇はないだろう」

「あ、はいっ。すみません」

敏生は大急ぎで琴を風呂敷《ふろしき》に包み、そしてぺこりと頭を下げた。

「あの、本当にありがとうございました。僕がお役に立てることがあったら、いつでも呼んでください」

司野は何も言わない。敏生は、また狭い危険な通路をそろそろと通り、店を出ようとした。そのとき、ピンと張りつめた糸のような司野の声が、敏生の背中に飛んできた。

「おい、名は何といった？　早川に連絡するとき、お前の名が必要だろう」

敏生は振り返り、もう一度大きな声で名乗った。

「琴平《ことひら》敏生です。……名前を覚えてくださったらそりゃ嬉《うれ》しいですけど、でも、精霊《せいれい》の小わっぱでも、きっと通じます。じゃ」

だが、今度こそ出ていこうとした敏生を、司野はもう一度呼び止めた。カウンターの向こうに腕組みして立っている司野は、まるで普通の若者のように見える。だがその口から発せられたのは、こんな説教じみた言葉だった。

「もう一つ忠告しておいてやる。焦《あせ》らず、行動は真夜中過ぎまで待て。お前の腕では、時を選ばずというわけにもいくまい。……腕の未熟さは、怠りなく準備することで補え」

それだけ言ってしまうと、司野はまた旧式のレジスターの脇《わき》に座り、本を開く。

近い将来に再会するような気がするその姿を目に焼き付け、敏生は店を出る前にもう一度、無愛想な妖魔《ようま》に深々と頭を下げたのだった……。

＊　　＊

目が覚めたとき、真っ先に耳に飛び込んできたのは、屋根を叩《たた》く雨の音だった。森は嘆息して、重い瞼《まぶた》を指先で揉《も》んだ。

小屋の中は相変わらず暗く、何かの拍子で夜明け前に目覚めてしまったのかと錯覚しそうになる。だがここは異界、永遠に雨が降り続く世界なのだ。ここにいる限り、青空を仰ぐことも、日の光を浴びることもない。

「お目覚めでいらっしゃいますか」

森が目を開けると、傍《かたわ》らから早月の優しい声が聞こえた。目が見えないぶん、気配の変化に敏感らしい。

森はゆっくりと身を起こした。いつの間に寝入ってしまったのか、床の上に直接身体《からだ》を横たえていたので、背中に鈍い痛みを覚える。気づくと、布団《ふとん》が着せかけられていた。

「すみません。眠ってしまっていたようです」

「よくお休みでした。ご気分は？」

「……主殿《あるじどの》」

ずっと部屋の片隅に畏《かしこ》まっていたのだろう。小一郎も、低い声で森を呼んだ。

「ああ……。心配ない、小一郎。俺はどのくらい眠っていた……ああ、いや、愚問だな。時の止まった世界では、そんな質問に意味はない」

小一郎は、気遣わしそうに主人を見つめている。森は、寝乱れた髪を撫《な》でつけるついでに、自分の額に触れてみた。ほんの少し発熱しているようだったが、眠ったおかげで疲労は取れている。十分に動けることを確信して、森は小一郎に問いかけた。

「俺が眠っているあいだに、琴は鳴ったか……？」

小一郎は無言で首を横に振る。そうか、と森は立ち上がった。窓枠に引っかけてあったシャツに触れてみると、それはまだじっとりと湿っていた。森はシャツを諦《あきら》め、布団《ふとん》の上に腰を下ろした。ジーンズのほうは、体温のおかげで乾き始めているようだった。

「うつけめは、いったい何をしておるのか……」

イライラと小一郎がぼやく。森は苦笑して、短気な式神《しきがみ》を窘《たしな》めた。

「そう言うな。敏生のことだ、今頃きっと、何とかして妖《あやか》しの……この人の想《おも》い人《びと》の消息を知ろうと、しゃかりきになっているさ」

「的はずれの場所を無駄に駆けずり回っておるような気がしてなりませぬ！」

何もできず待ち続けることに苛《いら》ついているのだろう。式神は拳《こぶし》で壁を殴った。むろん本気を出したわけではないが、それでも壁は大きな音をたて、早月がビクリと身を震わせる。

「……小一郎。表に出ていろ。家の中にいるから、息が詰まるんだ。少し外の空気を吸ってこい」

「……は」

小一郎は、膨《ふく》れっ面《つら》でドスドスと小屋を出ていった。森は、とりなすように早月に声を掛ける。

「申し訳ない。あなたの想《おも》い人《びと》と違って、あれはまだ若い妖魔《ようま》なんです。この異界で力を抑えられ、思うように動けない自分に腹を立てている……それだけです」

「心根のまっすぐな方ですわ。あなたへの想いが、私にもヒシヒシと伝わってきます。あなたが眠っておられるあいだ、ただの一時《いっとき》もあの場所を離れず、あなたを守っておられました」

早月はそう言いながら、床を手探りし、森の傍《そば》ににじり寄った。

「そのせいで、あなたはさぞ気詰まりだったでしょう」

そんな森の言葉に、早月は微笑して首を横に振った。

「いいえ。どなたかが一緒にいるのは久しぶりなので、私はそれだけで嬉《うれ》しいのです」

森は、少し考えてから、早月に問いかけた。

「お訊《き》きしてもいいですか。……このような時の止まった世界で、あなたは何故《なぜ》、正気でいられるんですか」

早月は、無言で小首を傾《かし》げる。森は、窓のほうへ視線を向けた。

「この世界にいる以上、物事は何一つ変化しない。そうでしょう？　あなたが仰《おっしゃ》るとおり、飢えも渇きも感じない。雨は降り続き、太陽は昇らず、人間界でいったいどれほどの時間が過ぎているのか、予想だにつかない。あなたは年老いず、若いままだ。すべてを救済するはずの死すら、積極的にその手段を選ばない限り訪れない」

森は小さく肩を竦《すく》め、自嘲《じちょう》ぎみに言った。

「俺が敏生からの連絡を待っている時間は、あなたが想《おも》い人《びと》を待ち続けた年月に比べれば、ほんの一瞬にも等しい。……あなたは知らないでしょうが、あなたがここに来てから、人間の世界ではもう百年以上が経過している。年号も三度ほど変わっていますよ」

「……そんなに……？　そんなに……長い時間が過ぎていたなんて、少しも知りませんでした」

もし眼球があれば、目を見張っていたことだろう。早月は、驚きの声を上げた。だが彼女は、いったん跳ね上がった声を、すぐに元の落ち着いた調子に戻して言った。

「あなたは、あの妖魔《ようま》さんが『うつけ』と呼んでおられた方のことを、愛していらっしゃるのですね。さっき、琴の向こうであなたのことを一生懸命呼んでいたのは、その方ですのね？」

「ええ。……そうです。あなたには心が弱いと笑われそうですが、たとえ短い時間でも、離れていると胸が掻《か》きむしられるような気分です。小一郎を叱《しか》っておきながら、誰より俺自身が、壁を滅茶苦茶《めちゃくちゃ》に殴りつけたい衝動に駆られます。何もできない自分が、これほど情けなかったことはない」

森は、自分でも驚くほど素直に焦燥を露《あらわ》にし、本音を吐き出していた。相手が、自分の顔を見ることのない、盲目の早月だったせいかもしれない。早月は、手探りで竹の琴を引き寄せ、それを森の前に置いた。そして、駄々っ子を宥《なだ》めるような、穏やかな口調で言った。

「何もできないことはありません。……あなたの大切な方は今生きていて、あなたのために必死になっておられるのでしょう？　そしてあなたも、その方を心から案じていらっしゃる。相手が生きてさえいれば、いくらでもしてあげられることはあります」

森はハッとする。

「それは……」

「あなたは、その方のことを心いっぱいに想《おも》って差し上げればいいのです。この琴は……人の想いを伝えます。あちらの世界で、対の琴があなたの心をその方に伝えるでしょう。あなたの心は、その方を守り、支える、何より大きく強い力になります」

「……早月さん……」

早月は、琴の表面に彫り込まれた一つがいの鶏《にわとり》を、細い指先で優しく撫《な》でながら言った。

「私とあの方が共に作った二つの琴は、あなたがたのお互いを想《おも》う心にも応《こた》えたのですね。それは私にとってもとても嬉《うれ》しいことなのです」

「……何故《なぜ》です？」

森の問いに、早月は一弦の琴を愛《いと》しい人のように膝《ひざ》に抱いて答えた。

「それは、私とあの方のあいだに、確かな愛情が、固い絆《きずな》があったことを示しているからです。……先ほどは、ずっと心に抱《いだ》いていた恐れが本当になったことが悲しくて……私のせいで、あなたがたを苦しい目に遭わせてしまったことが恐ろしくて、泣きました。……けれど、本当はもっと前から、覚悟はしていたのです。あの方は……もう生きていないのかもしれないと」

「早月さん……」

「あなたも仰《おっしゃ》ったように、どちらかの気持ちが変わってしまったのなら、私たちの心そのものである二つの琴は、すぐさま砕け散ったでしょう。けれどまだ、この琴はここにあります。あの方と暮らしていたときと少しも変わらない、美しい音で私の指に応えてくれます」

ピィン……。

早月は、爪《つめ》の先で弦を軽く弾《はじ》いた。微《かす》かな音が、湿った部屋の空気を震わせる。

「琴がここにある……それはあの方の心が少しも変わっていないという証拠です。それなのに、お帰りにならないということは……あの方の身に、何かただならぬことが起こったのだろうと……本当は、ある頃からずっと、そう予感しておりました」

「では何故《なぜ》、あなたは待ち続けることができたんですか？　いや、どうして今も待っているんですか？　異界から自力では出られないから、あるいは自殺する勇気がないから……そうなんですか？」

森の声には、詰問《きつもん》するような厳しい響きがあった。だが早月は、あくまで穏やかに、淀《よど》みなく答えた。

「確かに、もしここから出られたならば、あの方をほうぼう訪ね歩いたでしょう。……けれどそれ以外に、人の世には何の未練もありません。父母も兄も死に、会いたい人はおりませんし……。故郷の松江《まつえ》は懐《なつ》かしく思いますけれど、百年も経《た》てば、あたりの景色もそこにいる人たちも、すっかり変わってしまったでしょうね」

「……おそらく」

そういえば、敏生は松江に行ったのだったな……と思い出しつつ、森は頷《うなず》く。早月は、囁《ささや》くような声で言葉を継いだ。

「私が何故待ち続けることができたか、あなたならおわかりでしょう。私には……あの方しかいなかったからです。そして私は、あの方に大きな幸せを頂いたからです。たぶん私は、あの方と過ごしたよりずっと長い歳月を、ひとりで待ち続けているのでしょう。けれど私には、あの方と一緒に過ごした時間の、幸せな記憶があります。それはどんなに時が経《た》っても、色褪《いろあ》せることも消えることもなく私の心を温かく満たしてくれます。それに私は、本当の意味ではひとりぼっちではありませんでした。私の傍《そば》にはずっとこの琴が……二人の心そのものであるこの琴がありました。不安や寂しさや悲しみに押《お》し潰《つぶ》されそうなときにも、この琴が私を支えてくれました」

でも、と早月は寂しそうに微笑《ほほえ》んだ。

「対の琴は、きっとひとりぼっちで寂しがっていることでしょうね。私とあの方の心の半分ずつは、もう一つの琴に宿っているのですから」

森はずいぶん長いあいだ、沈黙していた。やがて彼は、ポツリと言った。

「あなたは強い方だ」

「大丈夫。……愛する人がいる限り、人は如何様《いかよう》にも強くなれます。自分の弱さを知っている人は、いつかきっと強くなれる……私はそう思います」

早月はそう言って、静かに微笑んだ……。

＊　　　＊

「うーん……。司野さんが、蛇の妖《あやか》しの記憶を上手《うま》く使えってたのはわかったけど……。実際、どうしたらいいのかなあ」

誰もいない家に帰り着いた敏生は、風呂敷《ふろしき》に包んだ一弦琴《いちげんきん》を抱えて、客間へ行った。とりあえず、机の上に琴を下ろし、そのまま畳の上にバタリと倒れ込む。

初対面の術者に会うというだけでも相当緊張するのに、いきなり琴の記憶を自分ひとりだけの力で読み、しかもそこから離脱するタイミングをもう少しで逸するところだったというアクシデントがあったせいで、敏生はもうクタクタに疲れていた。

司野の店を出るまでは気を張っていたので大丈夫だったが、通りに出るなり、敏生はしゃがみ込んでしまった。それまで必死で押さえ込んでいた吐き気と眩暈《めまい》で、歩くことすらままならない。ヨロヨロしながら何とか大通りまで行き、そこでタクシーを拾って帰宅することができた。

幸い、車酔いすることもなく、車内でずっと眠っていたので、帰宅したときにはかろうじてまっすぐ歩けるようになっていた。

司野は、真夜中過ぎまで行動を起こすのを待てと敏生に忠告した。それは、「気」がいちばん効果的に使える時間帯を選べという意味だったのだろうが、言われるまでもなく、気力を使い果たして動けない敏生である。

「やっぱりまだ、気分悪い……」

座卓をよけて、敏生はゴロゴロと楽な姿勢を探して畳の上を転がる。息をするだけで、胃が口からデロリと出てきそうな不快感があった。

(早く琴に触りたいけど……天本さんに会いたいけど)

今の状態で琴を弾けば、自分の体調が森に伝わってしまいそうだ……そう思って、敏生は琴を風呂敷《ふろしき》で包んだままにしておいた。少しでも早く復調しようと、いちばん吐き気がマシな、胃を右下にした姿勢で目を閉じる。

眠れば回復が早いのだろうが、心にそこまでの余裕はない。せっかく司野がヒントをくれたのだ。それを頼りに、夜が来るまでに考えをまとめなくてはならない。

「蛇の妖《あやか》しが死んじゃって……もう骨も残ってない。ってことは、どんな形にせよ、彼を異界の早月さんのところに帰す方法はないんだよね……。ってことは、彼が向こうに帰れるようにして、代わりに天本さんと小一郎をこっちへ送り返してもらうって方法は、アウトなわけだ」

自分が喋《しゃべ》らないと、家の中はしんと静まりかえっている。それが寂しくて、敏生はブツブツと目を閉じたまま独り言を言った。

「天本さんと小一郎があっちの世界へ引き込まれたのは、早月さんの『妖しに会いたい』っていう長年の想《おも》いが、ほんの一瞬、世界の壁を消すくらいの爆発的な力を発揮したからだ。天本さんはそう言ってたっけ。それは本来の二つの世界を行き来するやり方じゃなくて、あくまでも予測できない突発事故だったんだって……。妖《あやか》しが死んじゃったって わかった今、早月さんにそれをもう一度期待するのも無理……なんだよね。あとは……」

森と小一郎を連れ戻すためには、何とかして異界とこの世界を近づけ、その壁を消滅させなくてはいけない。

二つの世界を近づけるには、双方の世界に身を置く者が、相手のことを強く思い、求めればいい。それは、昨夜《ゆうべ》森とのコンタクトに成功したときにわかった。

そして昨夜の森とのやりとりと、今日読み取った蛇の妖しの記憶によって、もう一つわかったことがある。

おそらく最終的に二つの世界を隔てる壁を消す最後の「鍵《かぎ》」の役割を果たすのが、あの対になった一弦琴《いちげんきん》なのだ。そのために、蛇の妖《あやか》しは愛する女、早月と共に強い念を込めて一対の琴を作り、それを一台ずつ互いが所有することにした。

「妖しと早月さん……。二人が変わらない愛情をお互いに抱《いだ》いている限り、お琴の音は完《かん》璧《ぺき》に同調し、二人の心が一つになる。そのとき、世界を隔てる壁が消えて、蛇の妖しは現《うつし》世《よ》から異界へ戻ることができるんだ。自分が現世に戻っているあいだ、異界でひとりぼっちになる早月さんを守るために、妖しはそんな仕組みを作った」

誰も相槌《あいづち》を打ってくれないひとりきりの部屋で、敏生はボソボソと呟《つぶや》いた。そして、自分の出した結論に、ゾッと身震いした。

「だから……駄目だったんだ」

昨夜《ゆうべ》、森と敏生がどんなに心を合わせて同じ音を出しても、どんなに会いたいと思っても、世界は近づきこそしたものの、壁が消えることはなかった。

「『鍵《かぎ》』は、妖《あやか》しと早月さんが作ったものだ。だから、あの二人が使うのでなければ、パーフェクトに働きはしない……」

うわあ、と敏生は思わず頭を抱えた。

「じゃあ、天本さんと僕がどんなに頑張ったって、最終ラインで無理なんじゃないか。でも、鍵の一方を使える妖しは、もうこの世にいない……。どうしよう。ホントにどうしよう」

途方に暮れて、敏生は助けを求めるように視線を空《くう》に泳がせる。と、座卓の上にずっと置きっぱなしになっていた森の母親の一弦琴《いちげんきん》が、ふと敏生の目に留まった。

「……そういえば、天本さんのお母さんのお琴……。これにも、誰かの記憶が残ってるのかな。持ち主の天本さんのお母さんの……とか」

敏生はもそりと起き上がった。まだ吐き気はするが、朝食を食べたきりで胃の中が空っぽのせいもあり、さっきよりはずっと気分がよくなっている。

「この琴の記憶も読めるのかな。……あ、バカバカ、何言ってんだよ。そんなこと勝手にしたら、プライバシーの侵害になっちゃう。……でも……」

森の母親のことを知りたいという誘惑が、敏生の胸に湧《わ》き上《あ》がってくる。一度はやめようと思った彼だったが、好奇心には勝てず、そっと両手で琴の表面に触れてみた。

竹の一弦琴《いちげんきん》と違って、森の母親の琴には彫刻の類《たぐい》はいっさいない。指の表面に、ざらりとした木肌の感触があった。

あるいは、行き詰まり、絶望的な結論に辿《たど》り着《つ》くかもしれない自分の考えを、少しよそへ逸《そ》らしてみたい気分があったのかもしれない。心の中で森に謝って、敏生は目を閉じた。

「練習。……コツを忘れないうちに軽く練習するだけだから」

（ちょっとだけ読んで、やめよう。まだしんどいんだから、夜までに復活できる程度に……ちょっとだけ）

そんな言い訳を口の中で転がしながら、数時間前、眉間《みけん》に触れた司野の冷たい指を思い出す。視覚を遮断し、両目のあいだにある三つ目の目のことをイメージする。普段見えない遠い世界を見通す、澄んだ瞳《ひとみ》のことを。

（よし……いけ！）

二度目で、身体《からだ》が少し慣れたのだろうか。第三の目の覚醒《かくせい》は、さっきよりは幾分楽だった。予測していたよりはやや軽い衝撃に、敏生は小さく呻《うめ》いて耐えた。

（あ……何か見えてきた。……あれ？　でもこの人……）

だんだんはっきりと瞼《まぶた》の裏に焦点を結ぶ映像……それは、ひとりの女性の横顔だった。

白い顔。それを縁取る長い黒髪。筆で一気に描《か》き上《あ》げたようなシャープな顔立ちのその若い女性は、見覚えのある目をしていた。触れれば切れるような、鋭い切れ長のその目は……。

(天本さんだ。天本さんの目にそっくり。……あれ？　じゃあこの人、天本さんのお母さん？　……あ、琴を弾いてるから、きっとそうだ)

女性は、不自然なくらい無表情だった。極端に瞬《まばた》きの少ないその目にも、閉じた唇にも、何の感情も表されていない。

視線はゆっくりと下がり、一弦琴《いちげんきん》を弾く手元が映る。細く長い指。まるで少女のような、肉体労働など知らないであろう、軟らかそうな手。その手が、優雅に爪《つめ》を操り、ゆったりとした曲を奏《かな》でる。

その時点で、敏生はようやく、それが森の母親ではなく、森の記憶であることに思い当たった。

(そっか……。このお琴は天本さんのお母さんのだけど……天本さんも、お琴に触ったんだ。だから……これは昔の天本さんの記憶だ。お琴を弾いてるお母さんを、傍《そば》でじっと見ている天本さんの……)

どうやら敏生は、琴に残された記憶のうち、自分に馴染《なじ》みの深い森の記憶をキャッチしてしまったらしい。

やめなくては。いつか森が自分で話してくれるまで、じっと待っているべきだ。こんなふうに、記憶を盗み見するようなことはいけない。

そう思いつつも、敏生はどうしても同調を切ることができなかった。

幼い森は、母親が琴を弾くのを、傍《かたわ》らでじっと見ていたらしい。その食い入るような視線から、敏生は森の母親に対する憧《あこが》れに似た愛情を感じ取っていた。やがて視界には、子供の手が映る。

大きすぎる爪《つめ》をはめ、おぼつかない手つきで弦を弾く右手。左手の中指には長いほうの爪がはまっており、それで弦を押さえて、音を変えていく仕組みらしい。

(ああ……こうやって弾くんだ、この楽器。あ、これきっと、天本さんの手だ。うわあ、今と違ってちっちゃくて可愛《かわい》いなあ。天本さん、このとき何歳くらいだったんだろう)

それは一種のタイムスリップ体験だった。母親の真似《まね》をして、一生懸命演奏方法を覚え、曲を奏《かな》でる幼い日の森。そんな森の、上手に弾けない苛立《いらだ》ちや、正しい音を出せたときの喜び、ようやくワンフレーズ間違わずに弾けたときの誇らしさ。そんな気持ちを、敏生は共に体験していた。

だが、視線の先にいる母親が、森の琴の音に耳を傾けるでもなく、ただ無表情に窓の外を眺めているのを見たとき……そのときの森の寂しい気持ちを感じたとき、敏生は気力のすべてを振り絞って第三の目を閉じた。

バチンと鋭い痛みが再び走り、両目が開く。敏生は荒い息を吐き、予想どおりに復活した吐き気を堪《こら》えつつ、机の上に突っ伏した。

すぐ目の前に、さっき記憶の中で見た一弦琴《いちげんきん》がある。敏生はその感触を、指先で何度も確かめた。少年時代の森の孤独とささやかな喜びが、敏生の小さな胸いっぱいに渦巻いている。

「何か凄《すご》く悪いことしちゃった気がする。……天本さんには、正直に話して謝らなきゃ。あ、でもそのためには、天本さんに帰ってきてもらわなきゃなんだよな……」

再びぐるりとループして返ってきたその悩みに、敏生は深い溜《た》め息《いき》をついた。

「はー……どうしよう。それにしても、記憶を読むって凄いことなんだな。僕、天本さんと一緒に、一弦琴の練習した気分。こっちの人差し指に短い爪《つめ》はめて、こっちの中指に長い爪はめて、こう……だったよね」

敏生はそこに転がっていた象牙《ぞうげ》の爪をはめ、琴の上に両手を置いてみた。記憶の中の森よりは、一回り大きな自分の手が目に映った。しばらくそうしていると、森の母親が弾いていた曲までが、頭の中でゆっくりと再生される。専門的な音楽教育をまったく受けていない敏生にとって、それは驚くべき事態だった。普段、一度や二度聞いただけの曲をそっくり思い出すなどということは、まったく不可能なのだ。

弦を弾《はじ》いてみる。音を探しながらゆっくりではあったが、幼い森がそうしたように、敏生は自分も何とか琴が弾けることに気が付いた。

「うわ、凄《すご》いや。ホントに頭の中に、天本さんの記憶が残ってる。すらすら弾くのは無理だけど、うんと時間をかけたら、この曲弾けるようになるかも……あああっ！」

不意に敏生は大声を出した。琴を凝視したまま、しばらく息をするのも忘れて硬直する。その薄く開いた唇から、上擦った声が漏れる。

「そっか……！　わかった。司野さんのアドバイスの意味、やっとわかった！　できるかもしれない……夜まで死ぬほど頑張れば、僕、できるかもしれない！」

敏生の鳶色《とびいろ》の目に、キラキラした光が戻った。疲労も吐き気も忘れ、敏生は「よし！」と自分自身に気合いを入れた。そして、座卓の上にあった竹の一弦琴《いちげんきん》の包みを解き始めたのだった……。

七章　消えない奇跡

雨音に包まれた、暗い部屋。森《しん》と小一郎《こいちろう》にとっては煉獄《れんごく》に等しい場所だが、早月《さつき》には、優しい記憶の揺りかごそのものの小さな空間。

動かない時間に焦《じ》れて、年若い式神《しきがみ》はさっきからずっと、外へ出たりまた戻ってきたりと落ち着きがない。

「うつけめ……。まったく、いつまで待たせるつもりなのだ。いや、実際俺はどれだけの時間、待っているのだろうか。さっぱりわからぬ」

そんな小一郎の呟《つぶや》きが、今の森と小一郎が置かれた状況を端的に代弁している。

……と。

それまでじっと壁にもたれ、足を投げ出して座っていた森が、ゆらりと立ち上がった。

羽織っていた着物を脱ぎ捨て、まだ湿り気を帯びたシャツに袖《そで》を通す。そんな森を、小一郎は訝《いぶか》しげに見た。

「……主殿《あるじどの》？　如何《いかが》なされました？」

「来る」

森は簡潔に答え、シャツのボタンを留めた。琴を膝《ひざ》に抱いた早月は、森の声がするほうに顔を向けて問いかけた。

「何が……ですの？」

「敏生《としき》が。ようやく勘が冴《さ》えてきたらしい。何となく感じられる。……早月さん、その琴を貸してください。小一郎、この人を連れて、俺の近くにいろ」

「……は」

森は琴を前に端座し、小一郎は早月の手を引いて立たせ、森の傍《かたわ》らに座らせた。自分も、主《あるじ》の脇《わき》に控える。

森は、両手の指をボキボキと鳴らしてから、一対の象牙《ぞうげ》の爪《つめ》を、それぞれ右手の人差し指と左手の中指にはめた。それから少し考えて、琴を膝の上にのせた。

森の母親は琴を台座に載せて弾いていたが、早月の琴はそれより少し小ぶりである。床に置くより、膝にのせたほうが弾きやすそうだった。

森は、次第に近くなってくる敏生の気配を、全身で探ろうとしていた。まだ音にはならないものの、琴が微妙に振動し始める。

やがて、琴が鳴った。

ビイィン……。

開放弦がたてる「ミ」の音である。小一郎と早月は、同時に息を呑《の》んだ。森はその音を注意深く聞きながら、ゆっくりと弦を弾《はじ》いた。

ビーー……ン……。

二つの琴の音が混ざり合い、目の前におぼろげな敏生の姿が浮かび上がった。敏生の幼い顔は、緊張で強張《こわば》っていた。鳶色《とびいろ》の瞳《ひとみ》は、じっと森を見つめている。森は同じ音を周期的に鳴らしながら、敏生が転軫《てんじん》を回し、微妙な音を調節していくのを見守った。

徐々に、敏生の姿が鮮明になっていく。向こうでも、森たちの姿がはっきりと見え始めたことだろう。

「……とさん……?」

敏生の唇が動き、声が聞こえた。森は聞こえていると頷《うなず》き、自分も口を開いた。

「聞こえている。……何かわかったか?」

敏生は頷き、そして視線を森の傍《かたわ》らに滑らせた。早月を見ているのだと、森はすぐに察した。

「あの……早月さん、僕、あなたの好きな人が持っていたお琴を弾いてて……このお琴に残ってた彼の記憶を読みました。それで……」

敏生は躊躇《ためら》いつつも、早月に蛇の妖《あやか》しが東京を破壊した関東大震災《かんとうだいしんさい》に巻き込まれ、瓦礫《がれき》の下敷きになって死んだ経緯を説明した。琴は奇跡的に破壊を免《まぬか》れ、それを拾い上げた人から他の人へと伝えられ、今に至っているのだと。

森には、傍《そば》にいる早月の息づかいがほんの少し速くなったのがわかった。だが早月の「覚悟はできていた」という言葉は嘘《うそ》ではなかったのだろう。彼女は気丈な態度で、琴のほうに……敏生に深々と頭を下げた。

「ありがとうございました。……あの方の最期《さいご》の様子を教えていただくことができて……本当に……嬉《うれ》しゅうございます」

しっかりした声だったが、両手は膝《ひざ》の上で関節が白くなるほど握り合わされている。震えを見せまいとする彼女の健気《けなげ》さに、森の胸は痛んだ。

「おい、うつけ。……だが、そうなると我らがそちらへ戻る手だてが消えたのではないのか」

小一郎が、躊躇《ためら》いがちに、しかし狼狽《うろた》えた様子で森の背後から声をかける。森も琴を鳴らしながら、目で同じ問いを敏生に投げかけた。

(……確かに、妖《あやか》しが死んだということは、いちばん真っ当な帰還方法が断たれたわけだ。だが……もし俺が考えた他の可能性が実行可能なら……。あるいは、敏生が正しい方法で記憶を読み取っていさえすれば)

敏生は弦をつま弾き、同調を保ちながら答える。

「それなんですけど……試してみたい方法があるんです。それが正しい考えかどうかわかんないし、正しくても上手《うま》くできるかどうかもわかんないんですけど」

「……どうすればいい？」

　森は静かに問いかけた。敏生は、森と早月の距離を目で確認してから、こう言った。

「合図をしたら大きな音を鳴らしておいて、余韻が消える前に、琴を早月さんに渡してください。早月さんに、お琴を弾いてもらいたいんです」

「……私に……？　でも、私とあなたでは……」

「気持ちが通じ合わぬ二人が弾いたのでは、せっかく近寄った世界がまた遠く離れてしまうのではないのか？　おいうつけ、お前また、休むに似たような思考をこねくり回しておるのではなかろうな」

　早月と小一郎が、一つの質問を二人がかりで形成する。敏生は強張《こわば》った頬《ほお》を少し不満げに膨らませ、小一郎に文句を言った。

「馬鹿《ばか》の考え、って言いたいんだろうけど……でも、僕もうそれしか思いつけないんだよ。……天本《あまもと》さん、僕の考えてること、わかります？　正しいと思いますか……？」

　森は唇に微笑を浮かべて頷《うなず》いた。

「最悪のケースを想定していくつか考えた可能性の中に、君と同じアイデアがあったようだ。……が、君がそれに気づいてくれるとは思わなかったよ。君の実力を見くびっていたかもしれないな。とにかく、やってみよう」

「はいッ」

敏生はサッと表情を引きしめる。森は、早月の手から外した爪《つめ》を握らせた。

弦を親指の爪で弾《はじ》いて、当座を凌《しの》ぐ。

「いつもあなたの想《おも》い人《びと》に聞かせていたのと、まったく同じように弾いてもらえますか。俺が琴をあなたの膝《ひざ》に置きます。そうしたら、余韻が消え去る前に、弾き始めてください。いいですか？」

早月はまだ困惑の表情で、それでも爪を両手の指にはめながら首を傾《かし》げた。

「けれど……本当に、私の琴では……あの方と音色も心も合いますまい？　あなたがたのお考えが、私にはまったくわかりませんけれど……」

「それは、やってみてのお楽しみですよ。ただ、どんなに驚いても、決して手を休めないでください。いいですね？」

「……わかりましたわ。とにかくやってみます」

「お願いします。……小一郎、お前はいつでも飛び出せるようにしておけ」

「はっ」

こちらもわけがわからないままに、式神《しきがみ》は片膝をつき、腰を軽く浮かせて身構える。

森は、敏生の迷いのない瞳《ひとみ》を見つめ、軽く頷《うなず》いた。

「よし。タイミングを合わせよう。……『落とす』合図は必要か？」

「お願いします」

敏生は森が正しく自分の意図を理解していることを確信したらしい。少し安堵《あんど》したように、口元にごく浅いえくぼを刻んで頷《うなず》いた。

「了解した。……では」

森は左手を挙げて合図する。森と敏生は同時に、できうる限り強く弦を弾《はじ》いた。きつい調子の少し金属的な音が、微妙な揺れまで一致させながら、室内に広がる。

「……さあ」

森は早月の膝《ひざ》に琴を置いてやった。早月はまだ戸惑いつつも、余韻を聞きながら両手を弦の上に置き、素早く正しい場所を探る。その姿を視界の端に捉《とら》えつつ、森は柏手《かしわで》を一つ打った。

琴の音より大きく、パンと手のひらがはっきりした音をたてる。それと同時に、敏生の頭がガクリと垂れた。ほどなくユラリと敏生は顔を上げたが、その瞳《ひとみ》はいつもの鳶色《とびいろ》ではなく、敏生が精霊《せいれい》の性質を強く表している証《あかし》である淡い菫《すみれ》色《いろ》に変じていた。

「弾いてください」

森は低い声で早月を促す。早月は思いきったように弦を弾いた。象牙《ぞうげ》の爪が、凛《りん》と澄んだ音を響かせる。板に弦を一本張っただけのシンプルな楽器だが、奇妙なくらい演奏者によって音色が変わる。それを森は、しみじみと感じていた。

敏生も、さっきまでとは違う自信に満ちた手つきで、弦を弾《はじ》いた。最初のフレーズを聞いた途端、早月の肩がビクリと震える。唇が、わななきながら呟《つぶや》きを吐き出した。

「どうして……？　これは……この音色はあの方の音。この曲はあの方が作った、私たち二人しか知らないはずの曲……どうしてこんなことが」

「弾き続けてください。手を止めてはいけない」

森は早月を落ち着かせるように、穏やかな声で囁《ささや》いた。

敏生の手は、淡々と琴の緒を震わせ続ける。さっきまでの拙《つたな》い開放弦ばかりの演奏ではなく、どこか神秘的で穏やかな曲が、二つの世界に流れる。

「どうして……あなたの愛《いと》しい方が、私たちしか知らないはずのこの曲を……？」

見えない目で恋人の姿を捜すように、早月は首を巡らせる。森は、低い声で言った。

「今、琴を弾いているのは敏生であって敏生でないからです。……あいつは、琴に残されたあなたの想《おも》い人《びと》の記憶を読んだ。……彼の見た景色を見、彼の聞いた音を聞き、彼が思ったことを共に感じ……そのすべてを、自分の心の中に取り込んだんです」

「……では……この音色は……」

「琴に残っていた、あなたの想い人があなたを想って弾いた琴の音です。敏生の奴《やつ》、よほど練習したらしい。……あなたの想い人の記憶に、何とか指がついていっているようです。……どうしました？」

早月が小さな声を上げたので、森は少し驚いて問いかける。早月は、弾んだ声で言った。

「……ああ……不思議です。琴の音に、あの方の声が聞こえます。あの方の、私に語りかける声が聞こえます。確かに、あの方の美しい声です……」

「……それも、敏生が読み取った記憶ですよ。……敏生は琴の音に乗せて、あなたの想《おも》い人《びと》の心を伝えているんです」

「主様《ぬしさま》……。私をそれほどまでに……深く想ってくださったのですね。暗くて冷たい水の底で、いつも私のことを思い出してくださっていたのですね……」

嬉《うれ》しい、と早月は呟《つぶや》いた。その頰《ほお》に、森が初めて見る心からの笑みが浮かんだ。無心に琴を弾き続ける敏生の幼い顔も、優しく微笑《ほほえ》んでいる。妖《あやか》しの心が早月に伝わっているのと同じように、早月の幸せな気持ちもまた、琴を通じて敏生の心を温かく満たしているのだろう。

目の前の敏生の幻影が、やがて実像に変わっていく。彼の周囲の景色……客間の風景も、鮮やかに見え始めた。

（……敏生が感じた妖しの心と、早月さんの心……今、彼らの心が一つに溶け合っていくのがわかる……。壁が、消えていく！）

ずっと感じていた、敏生と自分のあいだを隔てる目に見えない障壁。それが徐々に薄れ、二つの世界を繋《つな》ぐ窓口が形成されていく。森は、小一郎の耳元で鋭く囁《ささや》いた。

「障壁に十分な大きさの穴が空いたら、お前が真っ先に向こうの世界へ戻れ」

小一郎はそれを聞いて気色ばんだ。

「主殿《あるじどの》、それは……っ」

「向こうに戻りさえすれば、お前は本来の力を使えるはずだ。いち早く戻って、向こうから障壁の穴を保持するんだ。やれるな？」

「……はッ。しかし、主殿もお早く……」

「わかっている。……行け！」

「御意《ぎょい》ッ」

森に二の腕を叩《たた》いて合図された瞬間、式神《しきがみ》は文字どおり黒い弾丸になって飛び出していた。二つの世界の境界をあっという間に越え、敏生の傍《かたわ》らに転がり込む。そのとき、小一郎の腕が、敏生の胸に気前よく当たった。敏生の上体が、グラリと揺れる。

「な……！　こ、小一郎……っ？」

蛇の妖《あやか》しの記憶に、自分の意識を完璧《かんぺき》に同調させていた敏生である。つむじ風のようにぶつかってきた妖しの気配に集中を無惨《むざん》に打ち切られ、我に返ってパチパチと瞬《まばた》きした。その途端、菫色《すみれいろ》だった瞳《ひとみ》は、元の鳶色《とびいろ》に戻ってしまう。淀《よど》みなく動いていた手が、ピタリと止まった。障壁が消えたことを知ったと同時に、自分が蛇の妖しから「敏生」に戻ってしまったことを悟り、敏生は真っ青になった。

「うわ、し、しまった。同調がとぎれちゃったじゃないか、小一郎ッ」

式神《しきがみ》の帰還を喜ぶより、敏生は怒りの叫びを上げた。今はまだ自分が……すなわち、自分の身体《からだ》を借りた蛇の妖《あやか》しが最後に鳴らした音が生きているからいいが、せっかく消えた障壁は、音が消えた瞬間に元に戻ってしまうだろう。

「お前はもうよい、下がっておれ！」

だが式神は、敏生を無造作に突き飛ばした。その場に仁王立《におうだ》ちになり、両腕を森と早月のほうにまっすぐ突き出す。獣じみた咆哮《ほうこう》が、その口から迸《ほとばし》った。力いっぱい広げた指先から、渾身《こんしん》の「気」が放射される。それは無数の光の糸になり、二つの世界の境界に、ギザギザした窓を形作った。小一郎は、みずからの妖力《ようりょく》すべてを使って、閉じかけた障壁の一部を開けておこうとしているのだ。ずっと妖しとしての力を抑えられ、溜《た》まり溜まった苛立《いらだ》ちが、彼の持てる力を一気に爆発させたらしい。式神の全身が、うっすらと光って見えた。

「天本さん、早く、早月さんも！」

敏生は琴を抱えたまま、キラキラ光る眩《まぶ》しい妖力の「窓」に駆け寄った。そこから、二人のほうへ身を乗り出す。

森は、早月の手首を摑《つか》んだ。

「あなたも、こちらへ」

「いいえ！」

だが早月は、その手を強い力で振り払った。森は驚きの目を見張る。

「何を……」

「私はここに残ります。どうぞ、お行きになって」

早月の声は平静だった。森は再び早月の手を取ろうとしたが、彼女は両手で膝《ひざ》の上の一《いち》弦琴《げんきん》を抱き、凛《りん》とした声音で言った。

「私の住むべき世界はここです」

「ですが、あなたの想《おも》い人《びと》はもういない。ここにいても仕方がないでしょう。大丈夫です、時間をかければ、現代社会にも馴染《なじ》めるはず……」

「いいえ、いいえ」

早月はかぶりを振り、こう言った。

「あなたは仰《おっしゃ》いました。私がここに来てから、もう百年以上の時が過ぎたと。いずれにしても、私はそちらの世界ではもう死んだ人間です。そちらへ戻る理由がありません」

「ですが！」

「天本さん、早く！　いくら小一郎でも、そんなに長く障壁をこじ開けておけませんッ」

敏生の悲鳴に似た叫びが、森の鼓膜を打つ。実際、小一郎が必死で保っている「窓」

は、ジワジワと縮みつつあった。

「早月さん、だがあなたはまだ生きている……！」

「この世界でだけ、私は生きているのです。私はここで、あの方の愛したこの森を守りながら、あの方の思い出と生きていきます。……永遠に続く幸せな夢の中で、あの方の思い出と一緒に。……あなたの愛《いと》しい方が伝えてくださった、あの方の魂と共に」

「早月さん……」

「お行きになって。早く！　あなたの場所はここではないのですから。あなたの大切な方のもとへ、お戻りなさい」

早月の声には、少しの迷いもなかった。

「……わかりました。どうぞ、ご息災で」

森は彼女の決意が変わらぬことを悟り、もはやギリギリの大きさまで縮まっていた障壁の穴を、長身を丸めてどうにか越えた。

「主殿《あるじどの》っ」

「天本さん！」

主人が無事に現世《うつしよ》に戻ったことを確認し、小一郎は障壁の穴を維持するために振り絞っていた力を緩める。だがそのとき、敏生が障壁の穴へと突進した。

「うつけっ⁉」

小一郎は目を剝《む》いたが、一度減弱し始めた力は、もう戻すことができない。穴は、たちまち小さくなっていく。それと同時に、異界も……早月の姿も、どんどん見えなくなっていった。

だが敏生は、その小さな穴からずっと抱えていた一弦琴《いちげんきん》を早月のほうへ差し入れ、向こう側へ押しやろうとした。

「早月さん、これ、あの人のお琴です。これは……あなたが持っていなくちゃいけない！　きっとこのお琴は、ずっとあなたに会いたくて、生き続けてきたんだから」

「うつけ、お前は何をしておるか！」

小一郎も森も、顔色を変えた。

「敏生、馬鹿《ばか》ッ、障壁に手を落とされたいのか！」

小一郎の力が離れていく二つの世界の勢いに負け、障壁の穴が完全に閉ざされる。まさにその瞬間、森は敏生の身体《からだ》を抱え、後ろに倒れ込んだ。すぐさま起き上がった森は、必死の形相で、敏生の手をひっ摑《つか》んだ。指が切断されていないことを確認し、ほっと安堵《あんど》の息を吐く。

「君は……本当に無茶ばかりする……」

敏生は肩で息をしながら、しばらく障壁が閉じたあたりを呆然《ぼうぜん》と見ていた。もう、早月の姿はどこにも見えない。何事もなかったように、そこには掛け軸の掛かった床の間があった。早月がひとり棲《す》む異界は、もう二度とこの世界にその口を開くことはないだろう。

「……お琴……ちゃんと早月さんに渡せたかな」

敏生は心配そうに呟《つぶや》いた。

「ああ。対の琴は長い時を超えて、彼女のもとに揃《そろ》った。……彼女が言うところの『半分ずつに隔てられていた二人の魂』が、ようやく再会したんだ。少々無謀だったが、よくやってくれた」

森はそう言って、まだ抱きかかえたままの敏生の顔を、つくづくと見た。

「……やっと、会えたな」

おどけた口調でそう言って、彼にしてはずいぶんくたびれた笑みを、その削《そ》げた頬《ほお》に浮かべる。それを見るなり、敏生の大きな目に、たちまち涙が溢《あふ》れた。幼い顔が、ぐしゃぐしゃと崩れていく。

「おかえり……なさい」

子供のように森の首っ玉に齧《かじ》り付《つ》き、敏生はしゃくり上げた。ようやく、嬉《うれ》しい気持ちが胸の奥から込み上げてくる。

「よかった……僕、半日かけて琴の練習したんです。蛇の妖《あやか》しの記憶を早月さんに伝えるためには、妖しが演奏してた曲を弾くのがいちばんいいだろうと思って。そうすれば、早月さんと妖《あやか》しの心がもう一度一つになって、対のお琴が二つの世界をくっつけてくれるだろうって。……だけど、せっかく曲が記憶にあるのに指が動かないんじゃ意味ないから、必死だったんですよ」

涙声で喋《しゃべ》る敏生を宥《なだ》めるように、森は敏生を抱いたまま、その背中を骨張った手でとんとんと叩《たた》いた。

「ああ。彼女には、何もかもしっかり伝わっていたよ。……妖しが最後まで彼女のことを想《おも》っていたことを、彼女は君の琴の音を通じて、ちゃんと理解していた」

森は、敏生の涙に濡《ぬ》れた頰《ほお》を自分の指で擦《こす》ってやりながら、しみじみと言った。

「二つの琴と共に、彼女はあの雨の止《や》まない暗い森で、ひっそり生きていくんだな。……それが、彼女の選んだ幸せの形だったんだ」

敏生も頷《うなず》き、ぽつりと言った。

「天本さん。僕……何だかわかったような気がします。『心でものを見る』って言葉の意味。早月さんの心の風景は、きっとあっちの世界にあるんです。目が見えなくても、あの人の心には、綺麗《きれい》な思い出がいっぱいあるんだ。だから、幸せな記憶に包まれて、あの人は本当に幸せなんですよね。ずっと幸せに、あの森を守り続けるんですよね……大好きな人の魂と一緒に」

森は頷いた。

「そして、俺の場所はここだ。俺はあの人と違って貪欲《どんよく》だから、まだ足りない」

　敏生は、森の言葉に目を丸くした。

「足りないって……何がですか？」

「これから一生、君との思い出だけを糧《かて》に生きていく自信がまだないってことさ。もっともっと、新しい思い出を重ねたい。もっと多くの記憶を共有したい。……もっとたくさん、君のいろいろな表情を心に焼き付けていたいよ。ほんの少し離れていただけで、こんなに……その、物足りなかったからな」

「天本さんってば……」

　森の珍しくストレートなそんな言葉に、敏生ははにかんだ笑顔で応《こた》え、そしてこう囁《ささや》いた。

「僕もです。僕の心の中には、まだまだ天本さんのための場所が残ってますよ」

＊　　　＊

　ようやく、慣れ親しんだ自宅に戻った森が、真っ先にしたこと。それは風呂《ふろ》でも食事でもなく、湿った服を脱ぎ捨てて乾いた服に着替え、暖炉に明々と火を燃やすことだった。

「人間の文明は、火を使い始めたときから始まったというが……本当かもしれないな。異界にいるとき、この火が恋しくてたまらなかったよ」

　森は暖炉の前に立って、パチパチと勢いよく燃えさかり始めた火をじっと見つめた。敏生も森にそっと寄り添い、からかうような口調で訊《たず》ねた。

「恋しかったのは、火だけですか？」

「……馬鹿《ばか》」

　森は照れ臭そうにそっぽを向く。

　敏生はクスクス笑いながら、ちらと背後を振り向いた。ローテーブルの上には、羊人形がちょこんと座っている。ここ数日空き家だったそこには、今は小一郎が戻っているはずだ。

　敏生の視線に気づいたのか、人形は軟らかい前足を二度ほどパタパタさせた。どうやら、俺に構うなと言いたいらしい。さすがの小一郎も、今回は欲求不満とイライラで疲労《ひろう》困憊《こんぱい》してしまったのだろう。

（小一郎も、お疲れさま）

　敏生は、声に出さずに唇の動きだけで式神《しきがみ》を労《ねぎら》い、そしてまた視線を暖炉の火に戻した。

（……あのこと……ちゃんと言わなきゃだな……）

　ふと敏生は、自分には森に告白すべきことがあるのを思い出し、こう切り出した。

「ねえ、天本さん。お願いがあるんですけど」

「何だい?」

「一弦琴《いちげんきん》……弾いてくれませんか」

「今からかい? もうすぐ、丑三《うしみ》つ時《どき》だが」

森は、片眉《かたまゆ》だけを軽く上げた。感情の読めない反応に戸惑いつつ、敏生は言葉を継いだ。

「ごめんなさい。蛇の妖《あやか》しのこと調べるために、早川《はやかわ》さんに紹介してもらった他の術者さんに会ったんです。そこで、物に残された人間の記憶をひとりで読み取る方法、ちょっとだけ教えてもらって……」

それを聞いて、森はもう一方の眉まで跳ね上げる。

「他の術者だって? 確かに、俺が教えてもいないのにどうやって琴の記憶をひとりで上首尾に読み取れたのか、不思議だったんだ。だが、他の術者に習ったとは……」

どうやら、自分の助手が他の術者に何かを教わったという事実が、いたく気に入らなかったらしい。だが、それが自分を助けるためだと推測するのが容易なだけに、正面切って咎《とが》めることもできない様子だ。

敏生はちょっと笑って、森の肩に頭をこつんと当てた。

「その話は、またいつか。……それで、家に帰ってきて、真夜中まで待つあいだ、どうしようって思ってるとき、ふと、天本さんのお母さんの琴が目についたんです。勝手にそんなことしちゃいけないと思ったんですけど、つい……」

「つい？」

「琴に残った記憶、少しだけ読んじゃったんです。慣れてないから、会ったことない天本さんのお母さんの記憶は全然読めなくて、その代わり天本さんの記憶のほうが見えちゃって」

「……俺の記憶……？」

「ええ。お母さんがお琴を弾くのをじっと見て、その音を聞いてる天本さんの記憶。お母さんの見よう見まねで、ちょっとずつ音を探しながら弾いてる子供の頃の天本さんの……」

森はようやく納得がいったという表情をした。

「なるほど。それで君は、一弦琴《いちげんきん》の弾き方をマスターしたんだな。あんな楽器を弾ける人間は少ないはずなのに、いったいどうやって演奏方法を知ったんだろうと不思議に思っていたんだ」

敏生は決まり悪そうに頷《うなず》く。

「ごめんなさい。でも、それを見て、思ったんです。天本さんが帰ってきたら、きっと弾いてもらおうって」

「やれやれ、その読み取り《リーディング》能力は確かに役立つだろうが、あまり悪用するなよ」

「できませんよう、凄《すご》く気持ち悪くなるんだもん」

森は敏生の頭を軽く小突いたが、その目は困ったような笑みを湛《たた》えている。森が本気で拒否するつもりがないのを見て取って、敏生は客間へ飛んでいき、ぽつりと取り残されていた一弦琴《いちげんきん》を持ってきた。森は琴を受け取ってローテーブルに置き、自分もソファーに腰掛けた。

だが、森は琴に向かいはしたものの、敏生が差し出した爪《つめ》を受け取らなかった。そして、自分の足元を指さした。

「おいで」

「……え？　僕も座るんですか？　ここに？」

敏生は戸惑いつつも、言われたとおり森の足のあいだのカーペットにぺたりと座り込む。

「爪を」

「あ、はい」

敏生は肩越しに、森に一対の爪を差し出した。爪を受け取るついでに、森は敏生の左手首をしっかりと摑《つか》む。

「え？　天本さん……？」

「指を開いて」

森は、敏生の左中指に長いほうの爪《つめ》をはめた。敏生は、キョトンとして森のほうを振り返る。

「天本さん？　僕が弾くんですか？」

森は無言で微笑し、敏生の頬《ほお》を指先で押して、前を向かせた。自分はソファーに浅く座り直し、敏生に背後から覆《おお》い被《かぶ》さるようにした。

「天本さん……？」

「琴に左手を置いてごらん。転軫《てんじん》のすぐ近くあたりでいい」

「え……あ、はい」

仕方なく、敏生は左手を弦の上に置いた。森は、自分の右手の人差し指に短いほうの爪をはめた。そして左手を、敏生の左手に重ねた。

「天本さん……」

ようやく森が何をしようとしているか気づき、敏生は後ろを振り向いて笑った。森も、笑顔で頷《うなず》く。

「どうせなら、一緒に弾こう。俺たちの腕前では、一つの琴に二人の手で、ようやく一人前に届く程度だ」

「……ですね」

敏生は、森の右手に、自分の右手をそっと添える。

森は敏生の左手を動かして音階を変えつつ、自分の右手にはめた爪《つめ》で弦を弾《はじ》いた。ぽつりぽつりと出る音が、森の記憶の中で母親がいつも弾いていた曲を紡《つむ》ぎ始《はじ》める。

敏生の脳裏には、母親の傍《かたわ》らで食い入るようにその手元を見つめ、何時間も飽かず琴の音色に耳を傾ける、幼い日の森の気持ちが甦《よみがえ》っていた。魂をどこか遠い世界に飛ばしてしまい、決して自分を見てはくれない母親と、少しでも接点を持ちたかったのだろう。おぼつかない手つきで、母親と同じ音を出そうと孤軍奮闘していた少年時代の森の切ない心が、今、琴の音に姿を変えて敏生の心の中に染み渡っていく。

(天本さん……お母さんの思い出を、僕に共有させてくれようとしてるんだ……)

過去の記憶を固い殻の中に閉じ込めてしまい、なかなか打ち明けてくれない森である。そんな彼が、数少ない母親との大切な思い出に、自分の存在が加わることを許してくれたのだ。そう思うと、敏生は胸が熱くなるのを感じた。

ビィン……ビイイィン……。

二人はただ黙って、互いの体温を感じながら琴を弾いた。

「ねえ、天本さん」

琴の音を聞きながら、敏生は小さな声で森を呼んだ。

「うん?」

耳元で、森が答える。敏生は、弾《はじ》かれては震える琴の緒を見つめながら、祈るような声で言った。

「天本さんは……お母さんのこととっても好きだったんですよね」

「……ああ」

溜《た》め息《いき》のような声で、森が答える。敏生は嬉《うれ》しそうに言った。

「だって、優しいもの。この琴の音も、早月さんたちの琴と同じくらい、優しい音がするもの……。一弦琴《いちげんきん》って、人の心をそのまんま映す、鏡みたいな楽器なんですね」

森は何も言わない。最後の音の余韻が長く伸び、やがて空気に溶けて遠く消え去るまで、二人は互いの手を重ねたまま、じっと動かなかった。

やがて、森は背後から敏生の身体《からだ》を抱いた。森の薄い唇が、敏生の柔らかな頬《ほお》に大切そうに口づけする。

「大好きだった。……俺は母が、大好きだったよ。この曲が上手に弾けるようになったら、母が俺を見てくれるんじゃないか……そんな馬鹿《ばか》げた幻想を抱《いだ》いてしまうほどに……好きだった」

嗚咽《おえつ》を堪《こら》えるような湿った声が、耳元で囁《ささや》く。敏生は黙って頷《うなず》き、爪《つめ》をはめていない右手を、そっと後ろへ伸ばした。

「僕……タイムマシンがあったら、昔の天本さんちに行きます。……ちっちゃな天本さんを思いきり抱きしめて、大丈夫だよ、心配しなくても、大きくなったらあなたは僕に出会うんだよ、いつまでもひとりぼっちじゃないよって……教えてあげたい」

自分の目からも涙が零《こぼ》れ落《お》ちるのを感じながら、敏生は幼い子供を慰めるように、森の頭を何度も撫《な》でたのだった……。


その夜は、森も敏生も、夜明け近くまで起きていた。

別段、することがあるわけではない。冷凍してあった料理を温めて簡単な食事を摂《と》った後は、ずっとソファーに座ったままである。

敏生が買ってきて放《ほう》り出《だ》したままだった土産《みやげ》を二人で全部開けて、まだ無事な菓子をつまんだり、敏生が旅行の土産話をあれこれしたり、森が異界の雨が降り続く森林の不思議な美しさについて語ったり、そんなふうに他愛ない時間を過ごした。二人とも疲れてはいたが、あまりにもいろいろなことがありすぎて、まだとても安らかに眠れる気がしなかったのだ。

だが、壁の時計が五回鳴ったとき、さすがの敏生も心配そうにこう言った。

「天本さん、やっぱりまだ顔色悪いですよ。もう寝たほうがいいです。一日寝て過ごせば、具合もずっとよくなるでしょうし」

敏生はそう言って森を寝室に追い立てようとしたが、森はそんな敏生の腕を引き、一緒にソファーに倒れ込んだ。自分の上に敏生の華奢《きゃしゃ》な身体《からだ》をのせ、優しく抱きしめる。敏生はビックリして起き上がろうとしたが、森はそれを許さなかった。

「あっ。……あ、天本さんってば。ここじゃなくて、ちゃんとベッドで寝てくださいってば……」

「その前に、もう少しだけ君をこうして抱いていたいんだ。……ちゃんと家に帰ってきたんだと……こうして本物の君が目の前にいるんだと、身体《からだ》で納得できるまで、このままでいたい」

「天本さん……」

敏生の身体から、ふっと力が抜けた。森の胸に頰《ほお》を押し当て、しばらく黙りこくってその鼓動を確かめる。森の指が、敏生の柔らかな髪を優しく梳《す》いた。

敏生は、森の胸に両手を置いて、ふうっと長い息を吐き、言った。

「僕も、そうしたかったみたいです。本物の天本さんだ。……あったかい」

「敏生……」

「幻の天本さんを見たとき、無事だってわかって嬉《うれ》しかったけど、でも凄《すご》く悲しくなったんです。天本さんの身体、透けてて……消えていく天本さんに触ろうとしたのに、僕の手は天本さんを突き抜けちゃって。あのとき、物凄く辛《つら》かった」

敏生の両手が、森のシャツをぎゅっと握る。

「もしかして、あの天本さんは夢なんじゃないか、本当は天本さん、もう幽霊になっちゃったんじゃないか……そんな気持ちを胸の中から追い出すだけで、精一杯だったんです。僕も……こうして天本さんを確かめられて、嬉《うれ》しいです」

答える代わりに、森の両腕が、敏生の背中を強く抱き寄せる。

どちらからともなく、二人は唇を重ねた。両腕を互いの身体《からだ》に回し、何度も角度を変え、キスを続ける。次第に情熱的に深くなっていくそれに、森の手が敏生の背中から後頭部へと、髪を乱しながら上がってきたそのとき……。

「あっ!」

不意にシチュエーションにまったくそぐわない素《す》っ頓狂《とんきょう》な声をあげて、敏生が顔を離した。意表をつかれ、森は軽く仰《の》け反《ぞ》ったまま目を見開いて、そんな敏生を凝視する。

次の瞬間、森はさらに驚愕《きょうがく》する羽目になった。敏生がいきなり抱擁を解いたと思うと、薄く開いた森の口の中に両手を突っ込んだのである。

「はがッ……」

無理やり大きく開かせた森の口の中を、敏生は頭を突っ込まんばかりの勢いで覗《のぞ》き込《こ》み、そして確信に満ちた口調で言った。

「やっぱり!」

「は……はひが……」

何が、とまともに言うこともできず、森は絶対に他人には見せられない間抜《まぬ》け面《づら》のままでいる。あまりに驚きすぎて、自分の手で敏生の手を引きはがすことすら思いつけずにいるらしい。

敏生はようやく森の口から手を離すと、きっぱり言った。

「天本さん、虫歯できてますよッ」

「………は？」

外れるほど大きく開けられたせいで、何となく嚙《か》み合《あ》わせがおかしくなった気がする顎《あご》を渋い顔で開閉していた森は、思いもよらない敏生の言葉に硬直した。敏生は、怖い顔で同じ言葉を繰り返す。

「虫歯。まだちっちゃいですけど、下の左側、犬歯の隣の小さな奥歯んとこ、嚙み合わせが虫歯になってますよ」

「まさか、そんな」

「いいえ。舌先がザラッとしたもの」

敏生はやけに自信たっぷりに断言する。森は嫌そうに端麗な顔を顰《しか》めた。

「君は……こんなときにいつもそんなことを気にしているのかい？　俺は君とキスしたのであって、歯科検診を頼んだ覚えはないんだが」

「そんなこと言ったって……気になるんだから仕方ないでしょう。ちょっと待っててください」

敏生はピョンと立ち上がって部屋を出ていくと、すぐにハンドミラーを持って駆け戻ってきた。起き上がった森の隣にちょこんと座り、鏡を森の鼻先に突きつける。

「ほら。自分で見てみてください」

「いいよ、そんなことは」

「よくありません。ほら、ちゃんと見て！」

こういうときの敏生は、誰よりも頑固で怖い。森は憮然《ぶぜん》とした顔つきで、しかし素直に鏡を受け取って、ごく控えめに口を開いた。慣れない行為に難儀しつつ、自分の歯を鏡に映してみる。

「……どれだ？ ないぞ、虫歯なんて」

「だから、そこ。ほら、ここんとこ。ちょっと黒くなってるでしょう」

敏生は森の口に指先を入れ、虫歯の箇所を指してみせる。森は眉間《みけん》に深い縦皺《たてじわ》を寄せ、鏡を覗《のぞ》き込《こ》んだ。

「ああ……確かに。だが、こんなものは大したことじゃ……」

「何言ってるんですか！ 虫歯は、大したことにならないうちに治療しないと、大変なことになるんですよ」

敏生にハンドミラーを返し、森はそそくさと逃げようとした。が、敏生は森の腕を摑《つか》み、強く引いて逃がさない。

「夕方にでも、歯医者さんに行ってくださいね。僕のかかりつけの歯科医院に、予約の電話入れますから」

「いいよ。……この程度、歯を磨けば治るだろう」

「治りません！　何を子供みたいなこと言ってるんですか。黒くなってるのは、もう初期虫歯じゃないんですよ」

「……インフルエンザもまだ治りきっていないし……だな……また今度でいいだろう」

「さっきもう平気だって言ったのは、天本さんでしょう？　ああもう、天本さんはホントに医者嫌いなんだから。どうしてそんなに嫌がるかなあ……」

「…………」

森のボソリと呟《つぶや》いた言葉が聞き取れず、敏生は森の口元に顔を寄せた。

「え？　何です？」

「……怖いじゃないか」

思いがけない言葉に、敏生は目を丸くする。森は、悔しそうに横を向いて吐き捨てた。

「怖いんだ。あのドリルの音とか、歯を削られる刺激とか、薬品の臭《にお》いとか……」

敏生はクスクス笑いながら、そんな森にぎゅっと抱きついた。

「あははは、わかりました。じゃあ、僕がついていってあげます。何だったら手を握っといてあげてもいいですよ」

からかわれて、森は眉《まゆ》を逆立てた。

「馬鹿《ばか》、そんな子供みたいなことをされてたまるものか。俺は……」

「ちゃんと行ったら、ご褒美《ほうび》あげますから」

敏生は本当に子供を説得する母親ばりの台詞《せりふ》を口にする。森は片眉《かたまゆ》だけを器用に吊《つ》り上《あ》げる。

「褒美とは、また太っ腹だな。何をくれるつもりだい？」

「えーと」

敏生はちょっと考え、そしてにっこりして頷《うなず》いた。

「僕の行きつけの歯医者さんね、近くに凄《すご》く素敵《すてき》な和風喫茶のお店があるんです。ちゃんと歯医者さんに行ったら、帰りに天本さんの好きな白玉あんみつを奢《おご》ってあげます」

「……やれやれ、降参だ」

森は苦笑いして、両手を軽く挙げてみせた。敏生は、クスクス笑いながら森の胸に再び身体《からだ》を投げ込む。

「じゃあ、約束ですよ。僕、待合室までついていきますから」

「ああ、わかったわかった。約束する。……だが、俺はできることなら、嫌なことは一度ですませたいんだ、敏生」

「……は？　それくらいの虫歯だったら、心配しなくてもすぐ削って詰めて終わりですよ

う」

「そういう意味じゃない」

森はどこか悪戯《いたずら》っぽい笑みを浮かべ、敏生の細い顎《あご》を片手で優しく摑《つか》んだ。そして、自分のほうに引き寄せながら、こう囁《ささや》いた。

「こうなったら、他の場所にも虫歯がないかどうか、徹底的に調べておいてもらおうと思ってね……君に」

言葉の意味を理解した途端、敏生の頰《ほお》がたちまち真っ赤に染まる。

「……ばか」

恥ずかしそうに呟《つぶや》いて、しかし敏生は、近づいてくる冷たい唇を、優しく受け入れたのだった。

「虫歯の治療をしましたから、これから一時間は何も食べないでくださいね」

その夕方、そんな非情な看護師の一言で「白玉あんみつ」のご褒美《ほうび》を食べ損ねて帰宅する羽目になることを、そのときの森はまだ知らなかったのである……。

あとがき

皆さんお元気でお過ごしでしょうか。椹野道流《ふしのみちる》です。
新しい年もざくざく進行中、皆さんにこの本をお届けする頃には、すっかり春……ちょうど桜の頃でしょうか。今年は花粉症を発症するのが早く、二月から鼻がぐしゅぐしゅ、目がシボシボです。参りました。春になったら、いったいどんな惨状になるのか、今から戦々恐々の日々です。

今回取材に出掛けたのは、島根県《しまねけん》です。やはり取材とはいえ楽しいほうがいい、もっと言えば保養を兼ねたいというわけで、候補地を決めるとき、どうしても妙なバイアスがかかってしまいます。「アウトドア三昧《ざんまい》！」とか「輝く太陽！」みたいな場所には、インドア派で暑がりさんな私の足は、後ずさりを始めてしまうのです。その一方で、「温泉」と聞くと「ああ浸《つ》かりたい。顎《あご》までズブズブと！」という欲求が頭をもたげ、気が付いたらさっくりと予約を完了していたり……。

そんなわけで、島根県でも真っ先に宿泊地を玉造《たまつくり》温泉に定めました。友人と二人の気ままな自動車旅行だったので、なかなかに楽しかったです。一度は行かねばと思っていた出雲大社《いずもたいしゃ》参拝を朝一番にすませ、出雲そばを食べ、闇雲《やみくも》に「風土記《ふどき》の丘《おか》」の古墳の周囲をグルグル回り、お土産《みやげ》を物色し……。

特に友人と気合い十分で行ったのは、八重垣《やえがき》神社でした。ここには「鏡の池」というオタマジャクシだらけの池があり、神社で買った紙に硬貨を載せて水に浮かべ、その紙が沈む時間の早さで、「御縁に恵まれるまでの時間」がわかる……という恋占いで有名です。我々が行ったときには、まさしく池には女の子たちが鈴なり状態。他愛ない遊びでも、やはりいい結果を望むのが乙女心、みんな池の畔《ほとり》にヤンキー座りで、紙が沈むのを待っておりました。実際、自分の紙が三分で沈んだときは、ちょっと嬉《うれ》しかったり……。いや、しかし！　考えてみれば、あれからずいぶん経《た》ちますが、未《いま》だに御縁に恵まれてはおりません。がくり。

ティファニー庭園美術館も、本当に素敵《すてき》なところです。特に、ステンドグラスのコレクションとカフェが秀逸。実を言うと、友人と私は、カフェのオーダーを決めるのに気力の大半を使い果たした感があります。そのくらい、何を見ても美味《おい》しそうなカフェでした。併設のベーカリーのパンも美味しいいし、半日くらい余裕でゆっくりできるスポットですね。敏生《としき》が行きたがったのもわかる気がします。

ただ、一泊二日というスケジュール上、小泉八雲《こいずみやくも》ゆかりの場所を回る余裕がなかったのが残念でした。次こそは、必ず！

そして、この本とほぼ同時に発売予定の奇談ドラマCD第二弾『生誕祭奇談《せいたんさいきだん》』が、とうとう完成しました！　先日、収録に立ち会わせていただいたのですが、今回のコンセプトは、「とにかくゆる〜く！」でした。前作の『幽幻少女奇談《ゆうげんしょうじょきだん》』が手に汗握る作品でしたので、今回は肩の力を抜いて、ゆったりまったり楽しんでいただけるように原作を書き、そしてまさしくそのように仕上げていただきました。スバラシイ！

キャストは、奇談サイドは前回と同じです。敏生＝石田彰《いしだあきら》さん、天本《あまもと》＝郷田《ごうだ》ほづみさん、小一郎《こいちろう》＝矢尾一樹《やおかずき》さん、龍村《たつむら》＝森川智之《もりかわとしゆき》さん、河合《かわい》師匠＝樫井笙人《かしいしょうと》さん、早川《はやかわ》＝大林隆介《おおばやしりゅうすけ》さん……ですね。ボーナストラックも、前回に引き続き、このメンバーがずらりと揃《そろ》い、愉快なメッセージをお届けします。

さて、奇談サイドは……と申しましたが、今回のCDの特別企画として、同じ講談社《こうだんしゃ》の「講談社ノベルス」から出している「鬼籍通覧《きせきつうらん》シリーズ」のキャラクターが数名、ドラマに乱入しています。両シリーズ出演している龍村が軸になっている物語なので、そういうお遊びが可能だったわけです。で、登場キャラクターは、伊月崇《いづきたかし》＝三木眞一郎《みきしんいちろう》さん、住岡峯子《すみおかみねこ》＝半場友恵《はんばともえ》さん……ここまではいいんですが……本当に本当に嫌がったんですよ、と前置きしておいて、伏野《ふしの》ミチルは、私がやっております……。「もっとぶしつけに！」「もっと意地悪そうに！」と、何とも微妙な演出をつけていただき、「本物の私はこんなじゃないー」と泣きを入れながらの収録となりました。

両方のシリーズをご存じの方は二倍楽しく、「鬼籍通覧」を知らない方でも「ああこんな人たちが龍村先生の知り合いにいるのか」と、すんなり受け入れていただけると思います。おまけに、今回はCDに同封するブックレット用に、可愛《かわい》い小説を書き下ろしました。かなり頑張っております（笑）。これさえ聴けば、小説からキャラクターの声がボコボコ聞こえてくるようになること請け合いです。是非、チェックしてみてくださいね！

今回、原稿を書きながら聴いていたのは、夏川《なつかわ》りみの「涙《ナダ》そうそう」でした。何となく、作品にそんなカラーがうっすら出ているかな……と思います。年末の紅白歌合戦での彼女の歌声は、本当に素敵《すてき》でした。紅白を見ていて初めて涙が出てしまい、ビックリ。

それから恒例の話です。お手紙に①八十円切手②タックシールにご自分の住所氏名を様付きで書いた宛名《あてな》シール（両面テープ不可）を同封してくださった方には、特製ペーパーを送らせていただいています。作品の裏話や同人誌情報といった情報満載の紙切れです。原稿の合間にペーパーを作り、少しずつお返事しますので、かなり時間がかかります。申し訳ありませんが、広い心で待っていただけます方のみご利用くださいませ。

また、お友達のにゃんこさんが管理してくださっている椹野後見ホームページ「月世界大全」http://moon.wink.ac/でも、最新の同人情報やイベント情報がゲットできます。ホームページでしか読めないショートストーリーや季節限定企画もありますので、パソコンをお持ちの方は、今すぐアクセスしてみてくださいね！

そして、これはお願いなのですが……。私はデビュー以来お手紙をくださったほぼ全員の方に、毎年年賀状を送らせていただいておりました。ところが昨年末、住所録データがクラッシュしてしまい、今年はついに住所録を一新する決意をしました。というわけで、来年度の年賀状は、今年一年のうちにお手紙をくださった方にお送りすることになります。「年賀状？　受け取ってあげてもいいわよ」という方は、今年じゅうに、是非編集部経由で椹野宛《あて》にお手紙をくださいませ。その際は、必ず封筒にリターンアドレスをお書きください。郵便番号、番地までしっかりと！　判読可能な字で！　封筒だけを集めて一気にデータ入力をしますので、たまに「あ、何も書いてない」「ど、どう頑張っても読めない」という悲劇が起こります。よろしくご協力くださいますよう、お願いいたします。

次回予告ですが、次こそは南国へ突撃をかけたいと、心から思っております。本当にそろそろ奴《やつ》らを九州《きゅうしゅう》に上陸させたいなあ……。最近ずっと言っているような気がしますが、湯布院《ゆふいん》とか黒川《くろかわ》とか……ああ、また温泉絡《おんせんがら》みになってしまいそう。次回タイトル「湯煙奇談」なんてことにならないように、慎重に舞台を選ぼうと思います。

では、最後にいつものお二方にお礼を。

担当の鈴木《すずき》さん。CDの収録終了後、やけに晴れ晴れとした顔で「俺、今回はあんまりラストのラブラブ場面も恥ずかしくなかったよ！」と仰《おっしゃ》っていたのが印象的でした。そうですか、慣れちゃいましたか。……精進します。

イラストのあかまさん。CDの収録日の「敏生の髪の毛、最近長さはどうなんすか？」というご質問、ごもっともでした！ 今回、すごく伸びていたことが判明。よろしくお願いいたします。

それではまた、近いうちにお目にかかります。ごきげんよう。

――皆さんの上に、幸運の風が吹きますように……。

椹野　道流　九拝

槙野道流先生へのファンレターのあて先
〠112-8001　東京都文京区音羽2-12-21　講談社　X文庫「槙野道流先生」係

あかま日砂紀先生へのファンレターのあて先
〠112-8001　東京都文京区音羽2-12-21　講談社　X文庫「あかま日砂紀先生」係

N.D.C.913　296p　15cm

椹野道流（ふしの・みちる）

2月25日生まれ。魚座のO型。兵庫県出身。某医科大学法医学教室在籍。望まずして事件や災難に遭遇しがちな「イベント招喚者」体質らしい。甘いものと爬虫類と中原中也が大好き。主な作品に『人買奇談』『泣赤子奇談』『八《や》咫烏《たがらす》奇談』『倫敦《ロンドン》奇談』『幻月奇談』『龍泉奇談』『土蜘蛛奇談（上・下）』『景清奇談』『忘恋奇談』『遠日奇談』『蔦蔓奇談』『童子切奇談』『雨衣奇談』『嶋子奇談』『獏夢奇談』『犬神奇談』『楽園奇談』、オリジナルドラマCDとして『幽幻少女奇談』『生誕祭奇談』がある。

講談社X文庫

white heart

琴歌《ことうた》奇談《きだん》

椹野《ふしの》道流《みちる》

●

2003年4月5日　第1刷発行

定価はカバーに表示してあります。

発行者——野間佐和子
発行所——株式会社　講談社
東京都文京区音羽2-12-21　〒112-8001
電話　編集部　03-5395-3507
販売部　03-5395-5817
業務部　03-5395-3615
本文印刷—豊国印刷株式会社
製本———株式会社千曲堂
カバー印刷—半七写真印刷工業株式会社
デザイン—山口　馨

ISBN4-06-255665-0

講談社X文庫ホワイトハート・FT&NEO伝奇小説シリーズ

EDGE2 ～三月の誘拐者～　とみなが貴和
天才犯罪心理捜査官が幼女誘拐犯を追う！（絵・沖本秀子）

EDGE3 ～毒の夏～　とみなが貴和
都会に撒かれる毒。姿の見えない相手に錬摩は⁉（絵・沖本秀子）

銀闇を抱く娘 鎌倉幻譜　中森ねむる
少女が消えた！　鎌倉を震撼させる真相は⁉（絵・高橋　明）

冥《くら》き迷いの森 鎌倉幻譜　中森ねむる
人と獣の壮絶な伝奇ファンタジー第2弾！（絵・高橋　明）

果てなき夜の終わり 鎌倉幻譜　中森ねむる
翠と漆黒の獣とを結ぶ真相が明かされる⁉（絵・高橋　明）

蒼き双眸の記憶 鎌倉幻譜　中森ねむる
何かが蠢《うごめ》きだした鎌倉を翠《みどり》は守り通せるか⁉（絵・忍　青龍）

ゴー・ウエスト 天竺漫遊記①　流　星香
伝説世界を駆ける中国風冒険活劇開幕‼（絵・北山真理）

スーパー・モンキー 天竺漫遊記②　流　星香
三蔵法師一行、妖怪大王・金角銀角と対決‼（絵・北山真理）

モンキー・マジック 天竺漫遊記③　流　星香
中国風冒険活劇第3弾。孫悟空奮戦す！（絵・北山真理）

ホーリー&ブライト 天竺漫遊記④　流　星香
えっ、三蔵が懐妊⁉　中国風冒険活劇第四幕。（絵・北山真理）

ガンダーラ 天竺漫遊記⑤　流　星香
天竺をめざす中国風冒険活劇最終幕‼（絵・北山真理）

黒蓮の虜囚 プラパ・ゼータ　ミゼルの使徒①　流　星香
待望の「プラパ・ゼータ」新シリーズ開幕！（絵・飯坂友佳子）

彩色車《カレット》の花 プラパ・ゼータ　ミゼルの使徒②　流　星香
人気ファンタジックアドベンチャー第2弾。（絵・飯坂友佳子）

蒼海の白鷹《しろたか》 プラパ・ゼータ　ミゼルの使徒③　流　星香
海に乗り出したミゼルの使徒たちの運命は⁉（絵・飯坂友佳子）

雪白の古城 プラパ・ゼータ　ミゼルの使徒④　流　星香
陸路を行くジェイたち。古城には魔物が……。（絵・飯坂友佳子）

幻の眠り姫 プラパ・ゼータ　ミゼルの使徒⑤　流　星香
ジェイの行く手に、水晶竜の爪を狙う男が⁉（絵・飯坂友佳子）

迷蝶の渓谷 プラパ・ゼータ　ミゼルの使徒⑥　流　星香
ジェイとルミの回国の旅、クライマックスへ！（絵・飯坂友佳子）

顔のない怪盗 輝夜彦夢幻譚①　流　星香
青白き月の光のイリュージョン・ミステリー‼（絵・飯坂友佳子）

☆**水底の迷宮** 輝夜彦夢幻譚②　流　星香
〝快盗D〟演じる〝輝夜彦〟の正体は⁉（絵・飯坂友佳子）

愚か者の恋 真・霊感探偵倶楽部　新田一実
見知らぬ老婆と背後霊に脅える少女の関係は？（絵・笠井あゆみ）

☆……今月の新刊

講談社X文庫ホワイトハート・FT&NEO伝奇小説シリーズ

死霊の罠　真・霊感探偵倶楽部　新田一実
奇妙なスプラッタビデオの謎を追う竜憲が!?（絵・笠井あゆみ）

鬼の棲む里　真・霊感探偵倶楽部　新田一実
大輔が陰陽の異空間に取り込まれてしまった。（絵・笠井あゆみ）

夜が囁《ささや》く　真・霊感探偵倶楽部　新田一実
携帯電話への不気味な声がもたらす謎の怪死事件。（絵・笠井あゆみ）

紅い雪　真・霊感探偵倶楽部　新田一実
存在しない雪山の村に紅く染まる怪異の影！（絵・笠井あゆみ）

緑柱石　真・霊感探偵倶楽部　新田一実
目玉を抉られる怪事件の真相は!?（絵・笠井あゆみ）

月虹が招く夜　真・霊感探偵倶楽部　新田一実
妖怪や魔物が跳梁跋扈する真シリーズ11弾！（絵・笠井あゆみ）

黄泉に還る　真・霊感探偵倶楽部　新田一実
シリーズ完結！　竜憲、大輔はどこへ？（絵・笠井あゆみ）

花を愛でる人　姉崎探偵事務所　新田一実
記憶から消えた二人。新たなる旅立ち！（絵・笠井あゆみ）

美食ゲーム　姉崎探偵事務所　新田一実
修一に恋人出現!?　竜憲・大輔、唖然!!（絵・笠井あゆみ）

海神祭　姉崎探偵事務所　新田一実
伊豆の島で修一と竜憲は奇妙な祭りに巻き込まれ。（絵・笠井あゆみ）

死者の恋唄　姉崎探偵事務所　新田一実
「幽霊画を探して」Eメールの依頼が死を招く!?（絵・笠井あゆみ）

夢に彷徨《さまよ》う　姉崎探偵事務所　新田一実
理由なき通り魔殺人と生き霊のつながりは!?（絵・笠井あゆみ）

☆タタリ神　姉崎探偵事務所　新田一実
生きた人間によるタタリとは……なに!?（絵・笠井あゆみ）

ムアール宮廷の陰謀　女戦士エフェラ&ジリオラ1　ひかわ玲子
二人の少女の出会いが帝国の運命を変えた！（絵・米田仁士）

グラフトンの三つの流星　女戦士エフェラ&ジリオラ2　ひかわ玲子
興亡に巻きこまれた、三つ子兄妹の運命は!?（絵・米田仁士）

妖精界の秘宝　女戦士エフェラ&ジリオラ3　ひかわ玲子
ジリオラとヴァンサン公子の体が入れ替わる!?（絵・米田仁士）

紫の大陸ザーン上　女戦士エフェラ&ジリオラ4　ひかわ玲子
大海原を舞台に、女戦士の剣が一閃する!!（絵・米田仁士）

紫の大陸ザーン下　女戦士エフェラ&ジリオラ5　ひかわ玲子
空飛ぶ絨緞に乗って辿り着いたところは…!?（絵・米田仁士）

オカレスク大帝の夢　女戦士エフェラ&ジリオラ6　ひかわ玲子
ジリオラが、ついにムアール帝国皇帝に即位!?（絵・米田仁士）

天命の邂逅　女戦士エフェラ&ジリオラ7　ひかわ玲子
双子星として生まれた二人に、別離のときが!?（絵・米田仁士）

☆……今月の新刊

講談社X文庫ホワイトハート・FT&NEO伝奇小説シリーズ

星の行方 女戦士エフェラ&ジリオラ[8]　ひかわ玲子
感動のシリーズ完結編！　改題・加筆で登場。（絵・米田仁士）

グラヴィスの封印 真ハラーマ戦記[1]　ひかわ玲子
ムアール辺境の地に怪事件が巻き起こる!!（絵・由羅カイリ）

黒銀の月乙女 真ハラーマ戦記[2]　ひかわ玲子
帝都の祝祭から戻った二人に新たな災厄が!?（絵・由羅カイリ）

漆黒の美神 真ハラーマ戦記[3]　ひかわ玲子
〈闇〉に取り込まれたルファーンたちに光は!?（絵・由羅カイリ）

青い髪のシリーン[上]　ひかわ玲子
狂王に捕らわれたシリーン少年の運命は!?（絵・有栖川るい）

青い髪のシリーン[下]　ひかわ玲子
シリーンは、母との再会が果たせるのか!?（絵・有栖川るい）

暁の娘アリエラ[上]　ひかわ玲子
〝エフェラ&ジリオラ〟シリーズ新章突入！（絵・ほたか乱）

暁の娘アリエラ[下]　ひかわ玲子
ベレム城にさらわれたアリエラに心境の変化が!?（絵・ほたか乱）

人買奇談　椹野道流《ふしのみちる》
話題のネオ・オカルト・ノヴェル開幕!!（絵・あかま日砂紀）

泣赤子奇談　椹野道流
姿の見えぬ赤ん坊の泣き声は、何の意味!?（絵・あかま日砂紀）

八咫烏《やたがらす》奇談　椹野道流
黒い鳥の狂い羽ばたく、忌まわしき夜。（絵・あかま日砂紀）

倫敦《ロンドン》奇談　椹野道流
美代子に請われ、倫敦を訪れた天本と敏生《とき》は!?（絵・あかま日砂紀）

幻月奇談　椹野道流
あの人は死んだ。最後まで私を拒んで。（絵・あかま日砂紀）

龍泉奇談　椹野道流
伝説の地・遠野でシリーズ最大の敵、登場！（絵・あかま日砂紀）

土蜘蛛奇談[上]　椹野道流
少女の夢の中、天本と敏生のたどりつく先は!?（絵・あかま日砂紀）

土蜘蛛奇談[下]　椹野道流
安倍晴明は天本なのか。いま彼はどこに!?（絵・あかま日砂紀）

景清奇談　椹野道流
絵に潜む妖《あやか》し。女の死が怪現象の始まりだった。（絵・あかま日砂紀）

忘恋奇談　椹野道流
天本が敏生に打ち明けた苦い過去とは……。（絵・あかま日砂紀）

遠日奇談　椹野道流
初の短編集。天本と龍村の出会いが明らかに！（絵・あかま日砂紀）

蔦蔓《つたかずら》奇談　椹野道流
闇を切り裂くネオ・オカルトノベル最新刊！（絵・あかま日砂紀）

☆……今月の新刊

講談社X文庫ホワイトハート・FT&NEO伝奇小説シリーズ

童子切奇談　椹野道流
京都の街にあの男が出現！ 天本、敏生は奔る！（絵・あかま日砂紀）

雨衣奇談　椹野道流
奇跡をありがとう――天本、敏生ベトナムへ！（絵・あかま日砂紀）

嶋子奇談　椹野道流
龍村――秘められた幼い記憶が蘇る……。（絵・あかま日砂紀）

貘夢奇談　椹野道流
美しい箱枕――寝《やす》む者に何をもたらすか……。（絵・あかま日砂紀）

犬神奇談　椹野道流
敏生と天本が温泉に！ そこに敏生の親友が⁉（絵・あかま日砂紀）

楽園奇談　椹野道流
クリスマスの夜。不思議な話が語られた……。（絵・あかま日砂紀）

☆**琴歌奇談**　椹野道流
旅行から帰った敏生を待っていたもの、それは⁉（絵・あかま日砂紀）

クリスタル・ブルーの墓標　私設諜報ゼミナール　星野ケイ
政府からのミッションに挑む新シリーズ‼（絵・大峰ショウコ）

胡蝶《こちょう》の島　私設諜報ゼミナール　星野ケイ
学習塾が離島で強化合宿！ ……真相は⁉（絵・大峰ショウコ）

月下の迷宮　私設諜報ゼミナール　星野ケイ
飛鷹《ひだか》の命を狙う宿敵が！ ついに絶体絶命か⁉（絵・大峰ショウコ）

浮世奇絵草紙《うきよあやしえそうし》　水野武流
第9回ホワイトハート大賞《大賞》受賞作‼（絵・花吹雪桜子）

☆**吉原花時雨《よしわらはなしぐれ》**　水野武流
優しかった姐女郎《あねじょろう》の死。その謎に吉弥が迫る。（絵・花吹雪桜子）

斎姫異聞《いつきひめいぶん》　宮乃崎桜子
第5回ホワイトハート大賞《大賞》受賞作‼（絵・浅見侑）

月光真珠　斎姫異聞　宮乃崎桜子
闇の都大路に現れた姫宮そっくりの者とは⁉（絵・浅見侑）

六花風舞《りっかかぜにまう》　斎姫異聞　宮乃崎桜子
〈神の子〉と崇められ女たちを喰う魔物出現。（絵・浅見侑）

夢幻調伏《むげんちょうぶく》　斎姫異聞　宮乃崎桜子
夢魔の見せる悪夢に引き裂かれる宮と義明《よしあきら》。（絵・浅見侑）

満天星降《まんてんにほしのふる》　斎姫異聞　宮乃崎桜子
式神たちの叛乱に困惑する宮に亡者の群れが。（絵・浅見侑）

暁闇新皇《あかときやみのしんのう》　斎姫異聞　宮乃崎桜子
将門の怨霊復活に、震撼する都に宮たちは⁉（絵・浅見侑）

燐火鎮魂《りんかたましずめ》　斎姫異聞　宮乃崎桜子
恋多き和泉式部に取り憑いたのは……妖狐⁉（絵・浅見侑）

諒闇無明《りょうあんむみょう》　斎姫異聞　宮乃崎桜子
内裏の結界を破って、性空上人の霊が現れた。（絵・浅見侑）

☆……今月の新刊

〈応募の方法〉

○資　格　プロ・アマを問いません。
○内　容　ホワイトハートの読者を対象とした小説で、未発表のもの。
○枚　数　400字詰め原稿用紙で250枚以上、300枚以内。たて書きのこと。ワープロ原稿は、20字×20行、無地用紙に印字。
○締め切り　2003年5月31日（当日消印有効）
○発　表　2003年12月25日発売予定のⅩ文庫ホワイトハート一月新刊全冊ほか。
○あて先　〒112-8001　東京都文京区音羽2-12-21　講談社Ⅹ文庫出版部
ホワイトハート大賞係

○なお、本文とは別に、原稿の1枚めにタイトル、住所、氏名、ペンネーム、年齢、職業（在校名、筆歴など）、電話番号を明記し、2枚め以降に400字詰め原稿用紙で3枚以内のあらすじをつけてください。
原稿は、かならず、通しのナンバーを入れ、右上をとじるようにお願いいたします。
また、二作以上応募する場合は、一作ずつ別の封筒に入れてお送りください。
○応募作品は、返却いたしませんので、必要なかたは、コピーをとってからご応募ねがいます。選考についての問い合わせには、応じられません。
○入選作の出版権、映像化権、その他いっさいの権利は、小社が優先権を持ちます。

ホワイトハート最新刊

琴歌奇談
槇野道流　●イラスト／あかま日砂紀
旅行から帰った敏生を待っていたもの、それは!?

決断のとき　ミス・キャスト
伊郷ルウ　●イラスト／桜城やや
〝ミス・キャスト〟シリーズ最終巻!!

死者の灯す火　英国妖異譚5
篠原美季　●イラスト／かわい千草
ヒューの幽霊がでるという噂にユウリは!?

水底の迷宮　輝夜彦夢幻譚[2]
流　星香　●イラスト／飯坂友佳子
〝怪盗D〟演じる〝輝夜彦〟の正体は!?

タタリ神　姉崎探偵事務所
新田一実　●イラスト／笠井あゆみ
生きた人間によるタタリとは……なに!?

吉原花時雨
水野武流　●イラスト／花吹雪桜子
優しかった姐女郎《あねじょろう》の死。その謎に吉弥が迫る。

ホワイトハート・来月の予定(5月2日発売)

愛と欲望の金融街…………井村仁美
11月は通り雨…………新堂奈槻
ゲルマーニア伝奇[3]……榛名しおり
幻月影睡　斎姫異聞…………宮乃崎桜子
※予定の作家、書名は変更になる場合があります。